ラマンタンの入江

ラマンタンの入江

エドゥアール・グリッサン
立花英裕・工藤晋・廣田郷士訳

水声社

sentier de la critique
批評の小径

水声社

目次

力によって反復を強いられるもの、それが世界の闇に溶けてゆき、
直感を立ち上げる——身を震わせる直感、そして粉々に砕けたものの直感を。

凡例

一、〔　〕は、原文の意味を補うために訳者が加えた語である。

一、原文のイタリックは、傍点で示した。ただし、全てではない。傍点は、ひらがなで示される語を、他と区別しやすくするためにも用いた。

一、原文において大文字で始まる語、あるいは大文字で書かれた文は、必要に応じて太字にした。本書では、イタリック、大文字が複雑に多用されているが、翻訳ではその効果が薄れるため、限定的に対応した。

一、原文の《　》は「　」で示した。

無限定な数の鳥にも似て

想像してみたまえ、数千羽の鳥の飛翔を、アフリカ大陸でもアメリカ大陸の湖でもよいだろう。タンガニーカ湖、あるいはエリー湖、でなければ南の赤道地帯、平たく広がる湖や大地に溶け込む湖の一つでもよいだろう。あの鳥たちの運動、あの夥《おびただ》しい群が君の目の前に浮かんでくるだろう。君は螺旋を思い描くだろう、鳥たちが解《ほど》き、その上を風が流れる螺旋を。しかし君は、鶏冠状の急流となった突進が続くかぎり、鳥たちの数を数え上げることはとてもできないだろう。鳥たちは視界の外へと上昇しては、下降する、鳥たちは急降下し、羽根を伸ばし、一息に再上昇する。その予見しがたさこそが、鳥たちを結びつけるのであり、あらゆる科学を逃れて渦を巻くのである。鳥たちの美しさは一瞬きらめき、逃れ去る。すると夜が吹き出してきて、君は息を呑む。鳥たちの翼が輝き、下腹が陰る。君は見たことがないだろう、鳥たちが岸辺や黒ずんだ水泡の上に広がっていくのを。鳥たちによる沈黙のダマスク模様を。

ゆらぎの思想が至る所から吹き出している。諸民族が差し出す音楽や諸形態から。甘く緩やかな楽音、重く叩きつける楽音から。開かれた叫びの放つ美の数々。ゆらぎの思想は、システムの思想ないし思想のシステムから私たちを守る。恐れや優柔不断とは無縁のところで無限に広がっていく。それは無限定な数の、一羽の鳥に似ている。地の黒い塩が付着した翼の鳥に。私たちを、絶対的な多様性の中で、出会いの渦の中で、新たに集わせるのである。固定されることのない、明日を拓くユートピア。共に分かち合うひとつの太陽あるいはひとつの果実としてのユートピア。

（ゆらぎは、律動的であるにせよ、律動から外れているにせよ、この多様性の本能に表現力を与える。）

「分水嶺[1]」

カリフォルニアのことを思い出さざるをえない。またも終極の**災害**なるものが私たちに割り振られ、予告され、予約済となっている。今後四〇年以内に、マルティニクは容赦ない地震によって消滅する、というのだ。私たちは、そのことをあれこれこね回してやまない、ようするに、ことが起こる前に私たちは死んでいるのである。確信するあまり、四万五千個の柩がすでに常備されているほどである。万が一に備えて……。心もとない対策ではある。一体誰がこのような決定を下し、実行に移しえたのだろうか。誰が、そんな妄想にとりつかれたのだろうか。私たちは、このようなヴァーチャルな未来の墓場と隣り合わせに生きながらえるのだろうか。そもそも国《ペイ》[2]が呑み込まれたら、柩が何の役に立つというのだろう。海中の藻屑となって、あらゆる記憶から遠いところで波に揺すられるだけのことではないか。新聞でこの予測を読んだのである。同じ時にそれを読んだ者が私の周囲に多数いることを考えると憂鬱になる。私たちはそこで、この隠しようもない集団的無意識をつつき回しているだけでなく、それを活字にして、集団で腹に納めているのだ。一人の人間なら自分が消えた後の世界をなんとか思い描くこともあるかもしれない。しかし、一つの集団が、自己に対して自己が不在であるようなことを考えられるだろうか。私たちは、せめても、小規模なアトランティス程度の記憶なら残せるだろうか。あの神秘的な文明には欠けるところがあるだろうが、ブラック・アトランティスになれるだろうか。ここで、私がポール・ギルロイ氏の著作『ブラック・アトランティク[3]』のタイトルを拝借しているのは言うまでもない。その時が来るまでに、この世の至る所で一定の間隔をおきつつ、地震、洪水の不可避的なメカニズムによって何万人、何十万人もの死者が出ることだろう。私たちはそれに慣れっこにはなっている。だが終極の災害となると、モルジブやコモール諸島を思いつつ「そんなことは私たちには起こらない」と密かにつぶやくわけにはいかないのである。たしかに、海抜すれすれの群島はそれだけ脅威に晒されているとはいえ。すっかり様相の変わったカリブ海の地図を描いてみるのも悪くはないではないか。私たちの場所は、ドミニカ島とセントルシアに挟まれた海域だが、そこが青く塗りつぶされているのだ。後には、猛り狂う大波と深層海流がいつまでも逆巻いていることだろう。「それなら、魚になる術を学べばいいじゃないか」と、つっけんどんに言うのはアポカル[4]である。私たちの気弱な饒舌を見下しているのだ。なにものにも換えがたい、クレオールの詩学がそこにある。

絶対的な入口の言葉

世界化《グローバリゼーション》(5)と呼ばれているもの、それはすなわち下からの画一化である。多国籍企業の支配、平準化、世界市場の無秩序な自由主義（優位性を求めて遠い外国に工場を移転する会社、隣国よりも不利な価格で医薬品を買わざるをえない病人）といったように、いくらでも列挙できる。気がつく人もいるだろうが、誰もが口々に言う紋切り型の羅列になってしまっている。しかし、それらすべての裏側に非凡な現実があるのであり、それを私は世界性《モンディアリテ》と呼ぶのである。この世界性において、今日、私たちは前例のない冒険へと投げ込まれ、それを生きるように求められている。初めて、真の意味で、この上なく直接的で衝撃的なやり方で、多数にして単一であり、解けがたいものとして構想される世界に投げ込まれているのである。私たち一人ひとりが、この世界において思考し、生き、行動するあり方を変更しなくてはならない必然性が、そこにある。

ユートピアなるものは夢とは異なる。ユートピアとは、世界内において私たちに欠けているものである。つまり、それ、世界内において私たちに欠けているところの、それ。フランスの哲学者ジル・ドゥルーズは、芸術としての文学の役割とはまず、欠けている民を発明することだと評した。[6] よくぞ言ってくれたと、私たちの多くの者が思っている。ユートピアなるものとは、この民の場そのものにほかならない。私たちがそれを発明できないとしたら、どうなるのか考えてみよう。あるいは考えようと試みよう。それが何であるかを言うことはできないだろうが、そうだとしても、その民とともに、その民が暮らす国《ペイ》とともにあるならば、私たちは世界により近くなるのであり、世界が私たちにより近くなる、ということを知っているのである。

そうでなければ、今度は、私たちの方が世界に欠けていることになる。だがいまや、世界に欠けるという事態が――今日という時点において――果たしてありうるのだろうか。この問いが私たちに突きつけられている。そして、システムの思想ないし思想のシステムがユートピアでありえたのか、あるいは少なくともユートピアの場を建設しえたのかという問い――それは昨日の問いだったが――を熟考しなくてはならない。

私たちは、片時も休まずに働いている。手を用いて粘土[7]に呼びかけている。朝を迎えるたびに、私たちは光を投げかける。周囲に震えているものの上に、他者なるものに、すべての人々に差し出される、あのゆらぎの上に。

私たちが働くとき、両手を大陸に、群島に、川に、山に捧げている。そうして、私たちの壊れやすい鼓動が叫びになる。それはもっとも深い底から出てくる鼓動である。

もはや、世界を揺るがす事件に惑わされはしない。私たちは見抜いている、そうした事件は私たちの相互的克服の材料そのものなのだ。そのカオスは、私たちのもつれあいが示す〈形態全体〉[8]なのである。それは数千羽の鳥の飛翔が、中国やアフリカの湖上で、予知できぬもの、凝縮して絢爛たるものへと変容していくのに似ている。そして私たちは見抜いている、諸民族と諸文化の未聞の多様性が、まずは苦痛として現れるとしても、それが窒息へと追い込まれるのか、それとも、自由な息吹として開花するのかどうかは、ひとえに私たちすべての人間にかかっている。私たちにかかっているとは、そこで、私たちが想像界を拡充できるかどうか、という意味である。

地球上の湖、海の上に、鳥たちは至るところから乱入する風を招き入れる。鳥たちは数え上げられない。私たちの仕事は、いま吹いている風に忠実であることに尽きるのである。

掌に汗が滲むほどの身体的憔悴、と言おうか。私たちの兄弟プリスカ[9]は、解けがたいものを受け入れていた。カオスを見据えていた。私たちの複数的唯一性が唯一ではないことを理解していたのである。彼は、数あるユートピアの無垢な粗暴さに次々に触れることを恐れなかった。なぜなら、世界の泥に苦しんできたからである。そしてまた、「実際的解決」がどれだけいいかげんなものかを知っていたからである。彼はアポカルと確信を分かち合っていた。いかなる解決にしろ、それが具体的で根本的であるためには、まずはユートピアから湧出して来なくてはならない。それだけが、唯一の現実的変化だからである。軍事的平定はユートピアから出てくるのだろうか。私は、二〇〇四年二月二六日、あきれ返るしかなかった。あるテレビ局がニューヨークで視聴者に次のアンケートを行ったのである。まるで、当然だと言うがごとく。「アメリカ合衆国の軍隊が、ハイチにおける反乱の混乱に終止符を打つべき時が来ているとおもいますか[10]」。

風景

何歳の時だったか、もう覚えていない、年端も行かない頃だっただろう、私は一つのテクストを繰り広げていく夢を見た。それは無邪気に螺旋を描くようなテクストだったが、密生した葉のように次々と自らに対して勝利を重ねながら、進行する中で固有の意味を生み出していった。反復がそれを進める糸となって、微細な偏差を生み出しながら前進していった。私は自分が書くものの中で、いつでも、あのテクストを追い続けてきたのである。だがいまだにあのテクストが生み出した渦巻く熱風の嵐を獲得できずにいる。叢林に吹きすさび、火山を駆け下りる嵐。しかし時には、影のようなものを持ち帰ることもある。影は、いくつかの語の岩を互いに結びつけ、私はそれを風景の奥まったところに積み上げる、そう、火山を頂いた叢林の風景に。

日を継いで　二〇〇二年の片隅で

四月二六日、土曜日。世界性

あたりの空気はニュースにかき乱されているが、そんなものはニュースとは言えない代物である。私たちの誰もが、ニュースが届く前から、既にして見抜いているのである。つまり私たちは高度な予知能力を獲得しているのである。予知能力は「報道」なるもののメカニズムの中で形成される。諸事件の間の関係が、しまいには、事実を先回りするようになるのだ。あるいは、関係によってこそ、事実に内実が与えられるといってもいいだろう。このような流れの中で区別は可能だろうか。

中華人民共和国の国家主席が素手のまま、マスクもつけずに北京を訪れる（伝染病がまもなく世界規模で蔓延する恐れがあるのだ[11]）。アメリカ合衆国の一軍人が、イラクの地下貯蔵庫に分割して蓄積されている大量破壊兵器を見つけてやると言い放つ。原油の闇市みたいなものだ（それで、戦争が正当化されるとでもいうのだろうか[12]）。いくつもの国際機関が地球の生物多様性の保護を訴える（しかし、人間によって生物多様性が操作されているのではないだろうか。たとえば、遺伝子工学によって[13]）。

日々の雑多な話題は、広範に衆目を集める出来事と同様に重要な意味をもつ。私たちはいまや共有‐場に暮らしているのであり、そこで世界の思想同士が出会っているのを、私たちは見抜いている。私たちにとって「ちっぽけな」舞台はない。どんな場所もすべて根源的な場所なのである。

そこで交換されるもうひとつのこと。それは、私たちはこの持続的な流れに知らぬ間に慣らされているということである。反復される惨状の場、もはや数えることさえせず、実のところ隠蔽が図られている死者、無力な叫びの数々、それらを前にして、私たちは感覚を奪われたかのように、次第に動じなくなる。まるで、世界には三種類の人間しかいないかのようだ。決定する人たちと苦しむ人たち、そして傍観し忘却する人たちである。

苦しんでいる者たちを、たいてい、見てみぬふりをする。ようするに、私たちは彼らを勘定に入れていないのだ。彼らは、統計や一般的見解の中に目立たないように埋葬されてしまう。彼らが私の目の前にいようと、私たち、つまり傍観する者の前にいようと同じことである。

だが私たちは、そこに、ひとつの好都合な点を共有していると言えなくもない。私たちは次のことに気づき、次第にそれを強く感じはじめている。諸々の集団の、いま述べたような状況は、互いに解きほぐすことができないのである。あるいは、もはや一人の人間がどうなるかは、私たちがどんなに個人主義的であろうとも、どんなに自分だけの自由にかまけていようとも、全体なるものの激しいダイナミズムの外側においては、もはや決定されえないということなのである。世界についての高度な思想の外側、と言ってもいいだろう。このような状況を私は、世界化《グローバリゼーション》ではなく（そのまさしく正反対なのだ）、世界性《モンディアリエ》と呼ぶことにしたい。

四月二七日、日曜日。〈解けがたいもの〉の秩序ー無秩序

あたりを見回してみよう。地球はいたる所でゆらぎを繰り返している。火山は火口を開き、洪水は土地を削り取る。竜巻が町を根こそぎにする。伝染病は止まることを知らない。気温は上昇する。水は枯渇し、汚染される。飢餓が無防備の共同体に襲いかかる。こうしたことは必ずといってよいほど人間の仕業から生じた結果である。黙示録的な思想に屈してはならないのである。

数百万年前の原人の骨が発掘された。天文学者が、想像を越えた銀河の巨大なブラック・ホールを発見した。おそらく、ビッグ・バン直後に形成されたものだ。数十億光年前の惑星の誕生に私たちは立ち会うことができる。アフリカやアジアのエイズの現状はどうなっているのか。こうした問は愚かしくもあり、スキャンダラスなところもある。問は、互いに絡み合っている。

「世界性《モンディアリテ》とは前例のない冒険であり、それを生きるように私たちは求められている。それは時空の中で初めて、真の意味で、衝撃的に、唯一にして多数であり、解けがたいものとして構想される」

「それは、この世界における発想、生活、行動のあり方の変更を、すべての者に必然的に迫る」

「その忌まわしき裏面がグローバル化である。最低の画一化、平準化、多国籍企業による密やかであからさまな支配、世界市場における野蛮極まりない自由主義、世界標準の冷たい無菌状態の中で見失われる固有なものの味わい」

いまこうした状況を確認しておくのは、誤解や安易な一般論に逃げ込むためではない。世界の解けがたいものの中で思考し、行動する仕方を学ぶためなのである。そのとき、解けがたいものを、個人的レベルであれ集団的レベルであれ、私たち固有の衝動や利害、とりわけ、私たち固有の思考システムに還元してしまってはならない。これはきわめて困難ではある。数千年以来、人類はまったく正反対の教育を受けてきた。部族であれ、教区であれ、トーテムであれ、国民であれ、ようするに、それらが在るからこそ可能になる、ただひとつの真実が私の真実として可能になり、ただひとつのアイデンティティが私のアイデンティティとして可能になる、と教えられてきたのだから。

四月二八日、月曜日。ゆらぎの思想

しかし、これ以外の道はないのである。世界の諸問題、すなわち、さまざまな民が抱える問題、彼らがただ生き延びることすら妨げる問題、彼らの相互関係にかかわる問題を解決するためには、（道徳的命令とは無縁の）この想像界の大規模な蜂起以外に、永続的な解決策はおろか、一過性の解決策すらあり得ないだろう。想像界の蜂起は、硬直を逃れた持続のなかで果てしなく変化を続ける本当の自分になろうと望み、それを自ら創造するように、人類を仕向けるのである。

私は他者なるものとの交流の中で、自分を見失わず、自分を歪めずに変わることができる。

二日ほど前から、テレビにも、ラジオにも、新聞にも、街の噂の中にさえ、パレスチナ人が何者かに殺されたという毎日お決まりだったニュースが流れてこない。しかし、明日あさってにはあるだろう。テロに倒れたイスラエル人のニュースもない。しかし、明日にはあるだろう。この機械的連鎖を予測するのは難しいことではない。今日は、コートジボワール人の殺人というお決まりのニュースだった。現在のイラク情勢の報道がにわかにその流れからはみだしているようにも見えるが、結局のところ同じようなものだ。死者が死者を目立たなくさせるのである。南北アメリカ大陸のアメリカ・インディアンたちはどうなったのだろうか。彼らの沈黙が耳をつんざく。チアパス(14)で彼らが話している時でさえそうなのだ。死者のリストを完成させることなど、できるものではない。

ゆらぎの思想は、世界の彷徨と、世界の解けがたさに共鳴する。それは恐怖でもなければ、弱さでもない。決断の欠如でもない（「君の場所で行動せよ。世界とともに思考せよ」）。それは確信である。このカオスに接近していき、この予知できぬものの中で持続し成長していくことは可能である、不寛容に凝り固まった思い込みに対抗し、発見すべき「世界の痙攣そのものに痙攣する」ことは可能である。私たちは、これから何度でもそれを繰り返して言うだろう。世界が執拗な応酬をするなら、それを真似ようではないか。

四月二九日、火曜日。アイデンティティなるもの

ツァハル(15)によって銃殺されたパレスチナ人が二名。ハマス(16)の報復宣言を伴う自爆テロによってイスラエル人死者二名、多数の負傷者。アメリカ合衆国兵士の銃撃によるイラク人死者一三名、次に一四名、多数の負傷者。忌まわしく冷酷な足し算。私たちは、それに慣れることはできない。

ここで言っておくべきことがある。諸民族の傷つけられたアイデンティティは、断固として守られなければならない。こうした攻撃においては、隠しようもない経済支配が真の動機となっているだけになおさらである。だからといって、その防衛のために、内に閉じこもるわけにはいかないのである。

抑圧されながらも闘う国々が他者なるものに自分を開く寛容さを見せる時、すべての人々の希望がなおも保たれている。

四月三〇日、水曜日。〈関係〉

私は、多様性を維持しようとする刊行物に対して、距離を置いたところから挨拶を送るのが好きだ。迂回路を確保し、それを延ばしていく刊行物、オルタナティヴの技法を教えてくれる刊行物である。フ

ランスでもいくつか挙げることができる。
『周辺の声[17]』、『アンロキュプティーブル[18]』、『オートルマン〔別のやり方で[19]〕』、『ポワン・ディロニ〔皮肉符[20]〕』。また、カリブ海、南北アメリカ、アフリカ、アジア、片田舎の町、辺鄙な半島に、名も知られぬ数え切れない刊行物があるだろう。それらが思いがけないネットワークを編むとき、インターネットより遥かにリアルな〈関係〉が編み出される。

五月一日、木曜日。群島

群島は力に依存しない。発想を与えることを使命とする。群島とは、世界のあらゆる言語の間でことばが交わされるところ。私たちは、ユートピアなるものを恐れはしない。それが私たちの唯一の行為だからだ。私たちの唯一のアートだからだ。

五月二日、金曜日

たしかに、強国が地球を占領下に置いてはいる。私は小国の未来を信じる。
この一週間が、いつものごとく、眩暈の中を飛び去って行った。〈全-世界〉の風に吹き飛ばされて。

〈一者〉における解けがたいもの

島には端から端まで貫く洞窟がある……洞窟は、カリブ海側から大西洋岸へと一息に走っているわけではない。岩や粘土に沿ってくねっている。波が壁面に砕け、まるで閉ざされた天空をなした堡塁の内部に断崖を穿っているかのようだ。そして時に、光が一条、天蓋の下で萎えて消える。いったいどこから、この洞窟が姿を現したのだろうか。ピエール・ルヴェルディの一篇の詩の中からである。オリヴィエ[21]が引用してくれた、というよりも入力してくれたのだ。私のパソコンを修理してくれた時だった。テクストに間違いがないかどうかまでは確認していない。オリヴィエがあまりに機械的に打ち込んでくれたものだから、出典を訊くのを忘れてしまった。『大部分の時間』[22]か、あるいはルヴェルディの別の詩集の中に探してみなければならないだろう。しかし、それは遠回しに、おそらくエレガントに、サン＝ジョン・ペルスについて瞑想を始める方法になるだろう。島には端から端まで貫く《ペルス》[23]洞窟がある。

世界の濁りは、始原の脈動を否定して運動を生み出すのだが、そんな世界の濁りもまた、同じような、一つの分裂から始まった。世界の解けがたいものの伸長は、たしかに、始源の分割に由来する。かつての神々は互いに傷つけあい、まぐあい、天と地を産み出した。あるいは、神は一人で自らを分裂させ、雌雄を区別した。そして、盲《めし》いた語り部[24]が、まだ子供だった詩人の前に立ち、子供にてっきり魔法使いだと思われても意に介さず、他の誕生の数々、さらに豊穣な分身を思い描いてみせる。

詩人の目が大きく見開かれる。語り部は、そこに太陽を投げ込む。光り輝く歌い手は、暗闇の重みを探り当てなければならない。彼は暗闇の重みに切り通しをつけたかったが、たいていは、暗闇の重みで身を飾り立てて終わる。それは世界において追いかけるためである。

語や言い回しの晦渋さを追いかけるのではない。闇そのものでもない。迂回路、それを通って詩人が自分の言葉に道を与える迂回路である。文学的こけおどしから言葉を救うためである。

あらゆる様態の分裂が詩人の内部にあり、〈ここ〉と〈ここではない場所〉を具像化する。迂回路は、彼が一方から他方へ赴くための最短の道である。たとえば、サン＝ジョン・ペルス。それに気がついていなかったか、あるいは少なくともその重みに耐える気がなかった、彼のあの斜めの眼差しである。サン＝ジョン・ペルスがアンティルの土地に投げかけた眼差し。だが彼はおそらく気づいていなかった、土地の方でも彼を見つめ返していたことに、いつでも見つめ返そうとするだろうことに。

ただ一つの季節

しかしながら、世界の場所を一つなりと想像してみたまえ、どこでもよい、いま君が行こうとしている場所でもよいだろう、君が内に創るヴァーチャルな場でもまったくかまわない。君は、その美しさに声を挙げる。世界の形象が次から次へと君を襲う、静謐な形象もあれば、荒れ果てた形象もあるだろう。しかし、君は荒々しい力から逃れられはしない。力は、形象を肥大させるばかりではない、矮小化するばかりでもない、夥《おびただ》しく、カオスになるまで反復を続けるのである。

暴力の中でも始源的なもの、もっとも執拗なもの、他のすべての暴力を要約し、包含する暴力が望んでいることは、「世界を理解する」のうちに暴力の固定性を押し付けることである。でなければ、その固定性が遅延されて現れることである。星は、盲いた諸空間（宇宙）の中にその軌跡を沈め、永遠に戻ることがない。そのようなとき、私は思い描いてみる、ドゥルーズが問題にしていたのはことば《ランガージュ》である、と。ただひとつの真の休息。すなわち、反発しあうものども、あるいは反発しつつ引き合うものども、継起するものと時を同じくするものどもという、相反する諸事象の合力としての休息である。それは純粋な中間《アンテル》ー言《ディ》としてのみ実現するのであり、自らを編集するのである。

同意しなければならないのだろうか、様々なことばがひとつの至高の複合体へと収斂し、世界の原因と結果としてのどんな行動も不毛、あるいは不可能になるということに。この世界のどんな行動も、と言うのか。それとも、私たちは寓意から寓意へと渡り歩くように運命づけられているのだろうか。言葉を奪われた俳優として、場所を奪われた話し手として。その間にも、周囲には「予見できない物事に満ちた不動の海」が逆巻いているというのに。不意に私の前にこの引用が再び現れる。一九四五年に私が出版した最初の詩の末尾にある言葉である。このカオス、以後、ただ一つの季節のようにもなったカオスが私たちを包み込んでしまうのだろうか。不安な、だが微動だにしない有限性の中に。

*

「君の場所で行動せよ。世界とともに思考せよ」、このように私たちは考え、繰り返し言ってきた。もうだいぶ前からのことになる。空間内での矛盾の数々に囚われることを拒絶する人たちと手を結んで。ここにおいて行動し、同時に、あちらにおいて考えるのだ。すなわち、君の行動が反‐行動になるように行動するのだ。君の行動が自問自答によって豊かになるように、君の行動が周囲に広がっていくように行動せよ。このような矛盾は、矛盾の正反対である。それは、地平を創り出す。

この点については、クレオール語の二語、あるいは二つの表現が参考になる。〈イスィーラ Ici-là〔ここ‐あちら〕〉とクレオール語では言う。おそらく、ここがもつ力を空間的無限へと拡大するために言うのである。〈イスィーラ・ミム Ici-là minm/Ici-là même〔ここ‐あちらそのもので〕〉と強調されることもよくある。ここ以外のどこでもないが、にもかかわらず、あちら、ないしむこうでもあること（そこから、クレオール語では、「すぐに」、「ただちに」にあたる〈ラミム là-minm〔あちらそのもので〕〉が引き出される）。まるで、ここと、遠いにしろ近いにしろ周辺との間の対立をきっぱり消し去ろうとするためであるかのようである。これは、Icilà とも、Icila とも、Isila と書いてもいい。同様に、クレオールの詩学は、ここのもつ現在性を量と神秘性において強化することがある。この詩学が、Ici-dans とか Icidan〔ここ－なか〕という表現を練成するときである。現在時内部の深みを語らせるのである。言葉のメカニズムが産み出す二つの表現は、その対象を縮小してしまうような縮約表現ではない。むしろ、広げるのである。

　クレオール語の Icila〔ここあちら〕は、広がりを織っていくのである。ドゥルーズは、それを表面と呼ぶこともあった。

Icidan〔ここなか〕は、単にほのめかしているだけかもしれないが、深みを強化するのである。

　諸民族の言語はいずれも、このように慎ましく控え目に、世界の様相と、共同体のさまざまな言語活動にあらわれる中間《アンテル》－言《ディ》との間の、困難で錯綜した関係の中で機能するのである。

「反」には、否定的なもの、攻撃的なもの、戦闘的なものは何もない。それは活動である。収縮し、次に拡張によって燃え上がるものの活動である。そのおかげで私たちは不意に「理解する」のであるが、広がりのなかの時間には深みがないのであり――あちらでも、むこうでもない――そこにあるのは〈関係〉だけである。そして、それにもかかわらずこの深みは、活性化された空間の中で作用するのであり、すなわち、ここにおいて絶対的に顕示するのである。

時空とは広がりと深みの作用である。宇宙は、〈関係〉のこのような作用において有限であり、そこから私たちにとって帰結する適用（様相、「表面」）において、無限なのかもしれない。

*

そこにおいて、私たちは、有限と無限を具象化するのであり、幸いなる反復に進んで応じるのである。私たちは、選んだ語を三度繰り返して言うことがあるが、それもリズムに応えるためである。

*

「ゆらぎ《トランブルマン》の思想が至る所で破裂している。諸民族が喚起する音楽や諸形態において。ゆらぎの思想は、システムの思想ないし思想のシステムから私たちを守る。恐れや優柔不断とは無縁のところで無限に広がっていく。それは無限定な数の、一羽の鳥に似ている。地の黒い塩が付着した翼の鳥に。それは、絶対的な多様性の中で、出会いの渦の中で、私たちを一つにする。固定されることのない、明日を拓くユートピア。共に分かち合うひとつの太陽あるいはひとつの果実としてのユートピア」

*

「諸人類の歴史の中で新たな革新が進行する世界は、私たちにとって、もはや夢でもなければ、渇望するはるかなるものでもない、それはもはや一つのプロジェクトでもなければ、完遂すべき征服でもない。今後、しかるべき時間のあいだ、それは苦悩なのである。万人の苦悩なのである。私たちの仕事は、至る所で、〈ここ－あちら〉と、〈ここ－なか〉において、苦悩に崇高さを与えるように努めることである。苦悩は、胸に詰まった息にもなり、逆に、解放された息吹にもなるだろう。それは、絶対的多様性の中で、解き放たれた息吹になりうるだろう。すなわち、芸術、まさに度を越えたもの、自由になりうるだろう――私たちは自分に制限をかけないために中間－言／禁じられた言の言葉と事象を笑い飛ばすのだ。それこそが、〈ここ－あちら〉における、〈全－世界〉における私たちの仕事である」

*

私たちの想像界を変えること。私たちの胸に詰まった息を息吹に変えていくこと。地峡と大いなる回廊の中に息吹を通していくこと。

*

さまざまに異なる息吹を、同じ一つの動きの中で吹き出すこと。

*

ただ一つの季節、それが至る所から私たちにやってくる。数々の古い季節は、その中に姿を消すか、あるいは夥《おびただ》しく増える。四旬節が雨季と共に戻ってくる。秋が、赤い水の砂漠の中で花を咲かせる。君は言えるだろうか、赤道が秘密の南北の極をめぐっているかどうかを。いたずら好きな子供たちが、炎に煮えたぎる古い湾岸で雪の星を漁《いさ》る。私たちにはわかる、ただ一つの季節を渡っていかなくてはならないことを。

群島の人間たちと大陸の人間たち、都市の泥に巻き込まれた者たちと農村部の硬直した者たち。砂を食む者、高所の乾いた空気を飲む者、自分たちの島にいまもなお祭儀を隠しもっている者、稲妻を待つよりは高所から身を投げる者、殺戮の不可解な出来事の中で正気を失う者たち、太陽が地面を照らし出す前に窓から放り捨てられる民族、飛行機の座席に縛りつけられる者たち、宇宙の熱が釜の中で上昇していく。病院のベッドが切り株の間に数を増すほどに増える、膿に群がる蠅。深みの腐敗した水を昔から吸ってきた者たち。目だけがつり上がった、痩せさらばえた者たち、そして、胸の内に息が詰まったままになる病に罹っていることに自分でも気がついていない者たち。

私たちは、ただ一つの季節を共に渡っていかなくてはならないだろう。

*

彼ら、世界の縁で憔悴した彼らはまた、座った者たち、安泰な者たち、武器をもった者たち、向こう見ずな者たち、強欲な者たち、貪欲な者たちに対して知において勝っているにちがいない——そのように見なされている——などとは言えない。世界の痛々しい無垢といえども、それだけ優位にあるわけではない。

なぜならば、私たちは共に同意しなくてはならないのだ。遅れている者たち、決断できない者たち、他者を憎むあまり自らの憎悪までも憎む者たちが道を外れていくのを傍観せずに。もっとも、どのようにすれば、彼らすべてを連れ戻すことができようか――次のことに同意しなければならないのだ。他者と交わりながらも、自分を見失わずに、自分を変質させることもなしに、私は変わることができるということに。

なぜならば、〈全‐世界〉は、そこに私たちが、嬉々として、あるいは苦渋にみちて、段階的に入っていけるような新しいシステムではないからだ。それは多数性であり、私たちの内側に入り込み、戸口を絶え間なく叩くものである。諸想像界というものは、断片的に、あるいは個別の層ごとに変化できるものではない。そうなのだ。諸想像界は、お互いに交換し合い、変化する中で互いに連帯すべきである。反対物が反対物を変形させるのであり、互いに相手を代弁しなくてはならないのである。

＊

だから私たちは次のように言うのだ。「君の場所で行動せよ。世界はそこに成立している。世界とともに思考せよ、世界は君の場から再び現れるのだから」

*

ことば《ランガージュ》の解けがたいものの中で、そして、〈カオス－世界〉の中で、私たちはどこまでも名前をあたえなければならない。〈半島〉を塞ぐ者たち、〈通り道〉や〈大通り〉に死の輝きを放ちながら入り込む者たち、空気のかすかな撚り糸に大きく息をつく者、胸を詰まらせる者、息吹を吹き込む者たちに。このようにどこまでも名を与えること。それは、ここで行動し、あちらで言葉を言うことである、あるいは高所からでもよい。自らの足どりを名付ける者たち。それまで誰にも知られていなかった律動の中で。〈ここ－あちら〉の雨の神々しい唾を吐きかけて手をもみしだく者たち。

出口の言葉1——皮肉符[25]؟

絶対的な始まりはない。始まりは、いたる所から支流のように集まってくる。フランスの河がそうではないか。多重創世《ディジュネーズ》と私たちは名付ける。

群島的思想はシステムの思想に正面から対峙する。それは、私たちの世界のゆらぎに共鳴する。

全－世界は、詩のもっとも高度な対象であり、予測不可能でもある。それゆえに、カオス－世界なのである。

「私は、世界のすべての言語が現前する場で書いている」

〈関係〉はものを結び、繋ぎ、語る。あれこれを関与させるのではない。すべてをすべてに関与させるのだ。〈関係〉の詩学は、このようにして、多様なるものを完遂する。

ただ一つ、下に伸びていく根は周囲を殺していく。〈関係〉のアイデンティティは無限に受け入れる。

「私たちは、一つの言語を救おうと、他のすべての言語が滅びるに任せることはしない」

「君は他者とともに変わりつつ交換するが、自分を見失うことはないし、自分を歪めることもない」

「理解してほしいことは、私が、君の言語《ラング》で君に話していることである。さらによく理解してほしいことは、私が、私のことば《ランガージュ》で君を理解していることである」

入江《コエ》[26]——マングローヴに沿った、あのフラミンゴの湾にしか見出せない——ラマンタンの入江《コエ》。この語は、クレオール語に由来するのだろうか、それともフランス語に由来するのだろうか。「支柱《ア》で支える《コレ》」から来ているのか？ 「船舶を修理のために支柱《ア》で支える《コレ》」ということか（そこからあまり遠くないところに、ポール・コエ（コエ港）がある）。そもそもコエは男性形 un cohé なのか、女性形 une cohée なのか。私が知っているかぎり、はっきり説明できる人は、誰一人いない。サン＝ピエールには、コエ農園がある。グアドループには、バステール島のコエがある。もしかしたら、どこから派生したというのでもない語があるのかもしれない。周到に語源を隠した語、名詞の性を混濁させた語。でなければ、誰も近寄れないような所に姿を現しているのかもしれない。あるいは、ごく単純に、何食わぬ顔をして、分析できるものなら分析してみろと挑んでいるのかもしれない。限られた人の前にしか姿を現わさない語なのか。

出口の言葉《エクシピット》（男性名詞、単複同形）、この単語は入口の言葉《アンシピット》からの類推で受け入れてもらえるだろう。一つの言葉、あるいは一つの思考、あるいは、諸空間の中に流れた一つの直感の末尾、あるいは要約、あるいは震える泡というところか。出口の言葉、すなわち一つの結論、一つの引用、一つの反復である。この二つの語はどちらも単複同形でよいのか。

無数の《イノンブラブル》――あまりに大きな数なので、数えることができない。

無限定な数の《イニュメラブル》――英語では、前の語の意味にあたる。しかし、ここでは、「その性質が数量化できない」ものを形容するために使われている。したがって、どんな数値化をも超えたところで生きているものである。

あなたは、無限定な数の鳥がただの一羽だとも無限数だとも決定できない。唯一であるということは、〈唯一者〉を創始するものではなく、なににもまして無限の中で自己をとらえることである。

「砂の雨」へのプレリュード

パラカス、それは「砂の雨」、広がりゆく大地が上空から舞い降り、ペルーの台地に垂直性のすべてを集結させた。

絵画

絵画が私たちに伝えるものは不透明であり、真昼に溶けこむ。

ひしめき合う空間の数々。空間は蒼き熱気の中を探り、素材を揺さぶってはまた組み立て、あの古の調和の元へと至る透明性の衣を素材に与える。かくして私たちは、〈世界〉に、その還元不可能な炸裂に、そして絡み合う河川の泥土のように穏やかな、行き渡る光の数々に、接する術を知る。

色彩は血。それは黒と茶色で、これらの構造物の血である。

亀裂部で解かれた結び目が雄弁に可視化されている。

素描画は、その果実が熟れるのを待つ。

遥かなるマッタ

マッタ[1]は炸裂する光を私たちに指し示している。反乱するマティエール。自らを律する法則への反乱、私たちの計算熱への反乱、物を測り、秩序を与え、美しく飾り立てようとする私たちの情熱へのマティエールの反乱である。マッタは時間の最初の炸裂から、絶え間ない根の引き抜きの中を彷徨っている。根を切り離された今日の人類の姿に似せた転倒の場である。

色彩はその深みにおいて征服し、あらゆる既存の調和性から自己を解放しているかに見える。赤と黄色が、プルートン〔冥府の神〕ないしはサトゥルヌス〔農耕神〕そのものの姿や眩暈を作り上げたかに見えるが、しかし私たちの想像界というものはあまりに字義水準にとどまるのであり、マッタは直ちに私たちを無限の星間空間の彼方に投げ入れてしまう、そこではマッタただ一人が水先案内人だ。森のような黒とインクの緑には想像しうるあらゆる植生が凝縮されており、そこからさらに奥深くへと進む術はない。色彩の構造体は私たちの世界と同様に解けがたいものである。

私たちは常にマッタの言葉を心に留めているし、私たちが共にした更なる炸裂の数々を記憶のうちへと大切に持ち運ぶのだが、マッタのもとを離れたところにもかかわらず、友たちとまたもや新たに見出すのだ、ある種の炸裂を、非‐意味や反‐意味を、笑い、むやみに動きまわり、啓示するおびただしい言葉を。それがマッタが用いる言語でなされるのであり、また他の言語でなされるのである。

ここで意味というものについて問いを立ててみたいのだが、果たして絵画の領域において意味という問いは立てられうるものだろうか。マッタのほとばしる言葉の強い光は、この問いを巡って生じる眩暈へと私たちを誘っていく。言葉遊びや型破りな言い回し、煌めくばかりの逃げ口上や稲妻のように無邪気な表現のリストでも作ってみれば、絵画をめぐるウィトゲンシュタインの『論理哲学論考』のようなものが出来上がるだろうが、私たちが彼のところに行っても、そんな命題や意図などマッタは軽くあしらうことだろう。たとえばマッタは今日におけるもっとも偉大な画家の一人であるばかりでなく、世界という激しい喧騒の最も先鋭かつ明晰な観測者であると受けあっても同じことである。

とはいうものの、絵画などは描いてないとマッタ自身が私たちにいくら言い張ったところで、マッタがそこで言っているのは画家のタブロー、絵画を描く画家のタブローのことであって、それはまあ聞き流すことにしよう。しかし作品が現にあるのはゆるぎのないことである。絵を分解する炸裂の中に、また言葉を組み直す迸らんばかりの光の中に、まさしく意味を、私たちは見ぬいているし、ないしは予感したのだと信じている。意味、すなわち〈関係〉である。それが激化した形で顕れている。そうであるならば、私たち自身がそれをよく理解するために、共有‐場を積み上げていくしかない。他に道はないのだから。

マッタが表現しようとしたのは現実そのものなどではなく、その下部を織り成しつつも、いつまでも根株のままに留まりはしないものだということ。現実の下部、周囲、外部と内部においてである。とはいえ、彼は何かを表象をしようとしたのではなく、振動を呼び起こそうとしたということ。そしてまた、現実それ自体がその振動に応じた形で人間の精神にもたらされるのだということ。あるいは、いうなれば人の脳が、人間のあらゆる構成要素である思想や感覚、知と無知、拡がりと深みとしての脳が、火山のように沸き立ち、ゆらぎとなって跳ねあがり、黒い岩石となって鎮まり、切り取られて石になった彼の夢が積み上げられ、己を遂げること、そして崩れ落ち、彼の血と生気が流れた跡が残るということ。意味とは、そこにある。そこに、道がある。

いかなる固定もこの作品にはない。あるのはいつも突如として始まる不意なるものである。私たちは唖然とするのみである。非存在としてのマッタはパッサージュを描いていると、モンテーニュよろしく月並みな言い方をしておこう。

私たちは、パッサージュの痕跡を指摘することに努めている。

アメリカスというバロック

アメリカスの風景は開かれのもとにあり、激烈なるものと大いなる風のもとにある。アメリカスでは、ごく小さな渓谷と最も広大な峡谷《キャニオン》とが互いに呼応している。そしてまた、ごく小規模な塩田とぎらぎら輝く砂漠とが呼応している。群島の尖峰がアンデスに合図を送っている。シギン[2]の巨大な葉が、遥かなる時を刻むセコイアの幹に接ぎ木されていく。私たちは、このような国のそれぞれに暮らしている。

遥か遠くにありながら恐ろしいまでの存在感を示し、人を惹きつけ重くのしかかる、このアメリカと呼ばれる現実が持つ神話や拘束的な影響力のもとに、今日の諸人類の多くが生きている。同じ大陸のもう一つ別の次元が、少しずつ私たちの前に浮かび上がりその姿を現しつつあるのである。アメリカスという、もう一つの次元である。

私たちの未来がどこに向かい、どのようなものになるのか、私たちは真に知る由もない。世界は予見不可能である。だが、ことアメリカスとなると、世界の拡がりとそれをめぐる私たちの意識は、共有-場というかたちで私たちが抱く直観とたいてい合致している。

過去四世紀来、この地域は世界のどの場所にもまして、ほぼすべての文化が接触し、時に互いに反発しあいながら、新たな共生のかたちが生まれる、活力に満ちた途方もない場所であった。

このような出会いの現象には、その認識のしかたに応じてさまざまに異なる呼称が与えられてきた。坩堝《メルティング・ポット》、混血、ハイブリッド化、多文化主義、クレオール化と言った具合である。最後に挙げたクレオール化とは、止めることのできない混交のプロセスとして理解され、その合力の行方は予告不可能である。（そして世界が予見不可能なのは、世界がクレオール化しているからである。）

クレオール化現象は、ここアメリカスにおいては、一様でもなければ調和がとれているわけでもない。極端な人種主義や根絶的殺戮、すなわち征服の暴力、民族根絶、奴隷制、植民地開発を経てきたのである。たとえば各民族や各文化が相互に浸透し合うことなく隣接して併存しているだけの合衆国では、クレオール化は進捗せずに、カリブ海やブラジルなど大陸の他地域で、よりいっそう進展しているのである。

アメリカスをめぐってこのように積み重ねることのできた共有－場を復唱してみると、クレオールの中心部から離れていき、一つの考えに行き着く。ラテン・アメリカの諸地平がいつでも私たちを見張っていたのではないかと思えてくるのである。私は、この、きわめてアメリカス的な旅を試みるときはモルヌ・ド・ペルーあるいはモルヌ・ペルーと名付けられたマルティニクの高地から、いつも倦まず弛まず出発する。モルヌとは頂上が丸みを帯びた小さい山ないしはこんもりとした丘のことである。ペルー、ブゾダン、ルキュレ、これら三つのモルヌはマルティニク北部のプレ山の近辺に切り立ってそびえている。しばしば樹墻栽培の広がる場所であり、そこに小規模な形で、アンデスの風が驚いたように吹き通っているのを発見するのである。

この三つのモルヌからペルーのチャビンへと、私は幾度となく赴いたものである。実際に初めて行ったのは一九八〇年のことで、それ以外はすべて思念を通しての旅だった。これまで私は、それを語ってやまなかった。私たちは夜ごとにいつも同じ言葉を発したのである。それは一時《ひととき》集結した場所に神々の微笑みを呼びこみ、広めるためである。反復や反芻は、知の形態の一つであり、おそらくは知の現代的な規範の一つである。

二〇〇二年の今日、私の旅が行き着いたところは、アメリカスの一〇人の芸術家を集めたパリのテッサ・ヘロルド・ギャラリー[3]である。ここに集められた芸術家たちは、少なくともその大半は古くからの私の講演旅行仲間であり、たとえばドラゴン通りにあった旧ドラゴン・ギャラリー[4]の仲間たちである。

*

私は風景の言葉に信頼を寄せる

「今から約二〇年以上前、チャビン遺跡（チャビン・デ・ワンタル[5]）に通じる路肩のない断崖の曲がりくねった細い道を車で気ままに進んでいた時に、垂直的風景という考えが私のあたまによぎり、言うなればその考えに圧倒されてしまった」

「山々を切り分ける断崖に拓かれた、この眩暈を呼び起こす場所の反対側に位置する田園は、葉群や果樹といった細部においても、作業場や農場といった全体においても、フィレンツェやシエナなどの農村部の見事な空間とも似ているが、しかしここで私たちが対面しているのは、屹立する風景であり、そこでは無限消失点もすぐに人間の足の長さ、それはまた耕作可能な広さでもあるのだが、その足の長さの制約を受けるのである。またそれゆえに遠近法がより遠くに足を延ばすどんなわずかな理由もそこには到底見出すことができない。平面的画法が支配しているのである。

「チャビンとその神殿は、冷気に包まれたこの高地に埋もれ、建築石材として求められたことからひどく荒らされ、また浸水によってえぐられた果ての、忘れられた傑作であるが、それは前インカ文化の母胎であり、おそらくインカ芸術の始原的様式がその新たな息吹を受けた暗黙の源、ローマ世界にとってのエトルリア文化に対応する何かである。不分明ながらも隠然として現存している母胎とでも言おうか」

「アンデスとトスカーナ、この二つの風景の間の構造的な差異にこそ、西欧の芸術とラテン・アメリカの芸術との分水嶺の一つがあるという考えがここで不可避的に立ち現われてくる。つまり、遠方への広がり、広がりの消失に向かう風景をもった、遠近法が発明されざるをえない世界と、アステカやインカの民にとっての下方から上方へ、現在の時間から最も神話的な過去の時間へと向かう、また事物や存在の持続性における垂直的な位置付けの（視覚的）経験と結びついた、《同時的》表象の宇宙との間の対立である」

「この平面的な表象は、アメリカスの芸術においてのみならず、たとえばアルゼンチンの平原《パンパ》周辺のような、垂直性が現実の構造において決して自明ではないようなところにおいてさえ広くみられる。他方ヨーロッパ絵画では、遠近法は技術的かつ精神的な進歩とされ、それによって科学的認識が洗練されはじめたのである。それとは逆に、アメリカ大陸を貫く芸術においては、平面的画法は実存的直感から直に来ている（《すべてが充足していて、すべてを埋め尽くさなくてはならない》、《すべてが近くにあり、すべてが遠くに離れている》）、視覚に映るものをよりよく表現するために奥行に手を入れる必要はないのだろう。何にもまして、これは自己と世界の詩学なのである」

これこそ、ヘラルド・チャベス[6]の絵画である。「インカの戦士の魔術的な跳躍、ギリシャ重装歩兵の槍、アグーチ[7]の平穏な目、月の顔をした牛たちのじゃれあい。この宇宙では、身体は落下することなく、すべてが宙吊りになり、本源的な速度と独創的な組み合わせの魔力とでバランスを保っている」。一九九四年にチャベスの絵画を目にした私は、二〇〇二年の今、記憶を新たにしたのだった。始原の大地を探求する夢中の試みは、しかし丹念な注意を払って空間を満たしている。チャベスとは一人の見者である、彼の心地よい夢はバロック的精密さで組立てられ、私たちを眩暈へと誘う。

「絶対的な高度へと達しようとする傾向（雷鳴の集結する場所に触れようとする様式）は、マヤ、アステカ、そしてインカの民に特有の傾向であり、消失線という実り多い技巧を度外視したうえで直線的であったり丸みを帯びたりするマッスや裁断線を積み重ねていく。幾何学模様や混じりけのない色調が音を立てるように揺れ動き、さながら神殿や碑石や陶磁器の飾り気のない特徴を受け継いでいるかのようである。ざっと言って、こういった特徴は、コーノ・スール[8]の構成主義[9]、メキシコの壁画運動、ガマラ[10]やボテロ[11]、マッタやセギ[12]らにも見出せるし、ソト[13]やクルス＝ディエス[14]らのキネティック・アート[15]の仕組みやグスマン[16]のインスタレーション作品においても、断片的にあるいはさらに過激に現れたりもしている」。

「次のように考えるのは決して恣意的なことではないだろう、すなわち、こういった平面的画法や平面を埋め尽くす傾向は、北アメリカではたとえばアメリカ合衆国のポロック[17]やバスキア、[18]ケベックのリオペル、[19]あるいはもっと一般的なレベルでは世界中に広がっているグラフィティ・アートやストリート・アートなどにも言えることである。それに対して、一九世紀から二〇世紀にかけて、ヨーロッパの遠近法を必死なまでに取り込もうとした合衆国の画家たち（水平線上に消えていく朧気な湖の情景、彼方まで広がる霞、照準線上に薄くぼかされて描かれた古びた農場）は、実のところ、ごく小さな渓谷や広大な峡谷、無媒介的なものや突然侵入するものといった、アメリカスの風景が見えていなかったのであり、見抜けていなかったのである」

＊

過去の予言的ヴィジョン

そして伝説[20]が私の向かうこの空間に侵入している。伝説といおうか？　否、大文字の歴史である。歴史は、アコマとセコイアの森の最も奥深く秘めた場所に埋められ、民の数だけ存在する複数の小文字の歴史へと多数化され、いくつもある川の変化する流れの中で流刑されている。その川の中に私たちは足を浸し、イエマンジャ[21]の神が立ち現われ、征服者《コンキスタドル》が植民地の湿気でやられた鎧の泥を洗い流したのである。

ホセ・ガマラの絵の重々しい葉と枝の群れの倦むことのない広がりの下には、何かが隠されている。それが見つかったと思うのは、偏執狂的なまでの緑色の影に描かれたアナコンダや堂々たるヒョウなど、思念に満ちた野獣を見つけ出した時である。その時、遥か彼方にはカラヴェル船[22]の支柱が見えることにも注意をひかれるのである。しかし、もっとよく手前のほうに目を向け、葉っぱ一枚一枚の下をよく確認し、祈りや懇願といったものと同じ行為を繰り返してみるとどうだろうか。

すると、時間が解きほぐれてゆく、掠め取られ、ぼろぼろにちぎれ、あまりに近代的な兵器の砲撃を浴びた、私たちの時間の数々が。そこに隠された時間に接近するのはなんと謎めいていることか。画家が私たちに暗示するのはさまざまな標識である。こちらでは影に埋もれた数多くの道標があり、またあちらには織り成された植生があるのも運命を読み取るためである。いたるところで木がその力を広げて生み落とすのは、機関銃の激しい音、奇妙なヘリコプター、榴弾による襲撃である。ガマラの作品は、私たちの生成に鍬を入れ、芽吹きをもたらす、一つの記憶のようなものとしてある。

*

いま一度私はカリブの地を語ろう。マルティニクのモルヌの頂から出て、ラテン・アメリカのバロック的拡がりを渡ってきた。私はまた海も見た。いま立ち戻らなくてはならないのは、私たちが語りに語ってきたクレオールのメッセージである。以下は、私がウィフレド・ラム[23]についてかつて述べたことである。

「私たちの群島の言葉は世界へと広がっている、うねる波の広がりが打ち消し合うことなく互いに折り重なっていくように。ある一つの言葉はもう一つの別の言葉を求めるがゆえに、この場所ではいかなる言葉もそれ自体で支配的であることはない。島から島へ、開かれた船で私たちは航海を進め、また大波が私たちに語りかけてくる。言葉の言葉。私たちは、あまりに重厚で、壮麗で、死すべき大陸から身を守る。彼らの普遍の大地は、モルヌと山頂の棘の誘惑を消し去り、また末無河《マリゴ》が夢想する密かなる峡谷や入江を眠らしてはおかなかった。大陸の塩は、魔力を失った小麦粉と同様、もはや予言をもたらすことなどできない。聖符号《ヴェヴェ》[24]が描くように、予言を露台の上に描くことはできなくなる。しかし、私たちの群島の言葉は、情に厚いマングローブの木のごとく、彼らの大地を分配するのである」

絵画作品とは、一般化した性質の言説によって、果たして接近可能なのだろうか。ラムの作品は私にとってはそうだといえる。ラムの絵画が打ち立てるもの、それはあらゆる人間の境遇の、神々と悪魔の、辱められたものと傷つけられたものの、打ち消し難い総合である。そしてラムの絵は不意にあらゆる可能事へと通じていく。世界を、肉と魂を、顔のない女とあまりに人間的な鳥たちを、クレオール化して、高音と予言の頂へと達する。私たちがきっと渡ってきた海のさらに向こう側でラムの絵は、アフリカの声で緻密に織り成された始原の森が深く増殖していく光景に出会う。遠近法も見せかけの奥行きも持たないこの「ジャングル」が、永久に激しく、揺れるもう一つの海のごとくそびえている。

ざわめき立つ森の中を、高くそびえる木々や巨大な花々の下をさまよい歩く。私は注意深く見張る。カルデナス[25]とともにである。カルデナスの作品では、数々のマティエールが神秘的に組み合わさり、さらにいえば、たとえば焼き焦げた木材が表現するアフリカスの黒い血と大理石が表す地中海の白色ないしはピンクがかった肉とが、調和的に組み合わさっている。こういったことに私たちはあまりにも感嘆の念を欠いてきた。すべてが割れ目と丸みであり、基底と上昇であり、神秘的なものに潜む難儀さと単純さなのだ。カルデナスが現代の最も偉大な彫刻家の一人であり、その才能と自由な純真さは世界をめぐる巧みな理解をその背景としていることに世間の論調が気づくには、まだ長い時間がかかりそうだ。

数ある彷徨の途上で、カマチョ(26)が私の注意をひきつける。カマチョに出会うのは、叢林でもなくステップの草原でもなく田園のただ中であり、あまりに謎めいた姿の一羽の鳥の翼の上である。彼は謎めいた判じ絵を私に突き付けているとまでは言わないが、判別し難い瘤を備えた、素材の堅固な骨組みと、彼の作品宇宙の厳格に組み立てられた色調とによって、これこそが最もバロック的かつ最も本質的な作品であると思えてくる。ただしカマチョが常に独自の古典主義を編み出していたことを知らなければ、このような言い方は矛盾めいてしまうだろう（バロックは「本質」と反りがあわないものである）。アンデスの村々のカーニバルや万聖節が示す、苛酷なほどに静かで、ときに乱調を交じえた彫りの深い様子には似通ったところがある。

カマチョはこのように大都市の境界上に陣取り、都市を避けようとする。それに対して、大都市へ迷うことなく入っていく芸術家たちがいる。彼らの特徴は、街路の片隅を不意に捉える素描画への偽らざる愛と、そして壁面主義絵画や公共空間、サーカスや公開討議といったものへのひそかな傾倒にある。いずれにしてもそれはバルコニーに立って見下ろすという議論の余地のない使命なのである。彼らにとって都市とはまたアメリカスの中の最も狂おしい風景の一つをなしているのである。

ラテン・アメリカにおいて最も都市的な画家は、おそらくはアントニオ・セギに違いない。屋根を寄せ集めるように描き、それがリゾームを成している。セギが探求するのは新たなるバロック、光る靴や歪んだ帽子《ボスカフ》、日曜の並木通りでの散歩のあるいは秘密のカフェで踊るタンゴの足取り、親切なメッセージを必ず送ってくれるそぞろ歩きの背広の折り目など、セギはあらゆる颯爽とした物腰と足取りとを探る。こういった都市の様相が洗練さと高慢さとの間の境目を揺さぶるのであり（「お隣さん、あんた今朝カンバス全部出してたね」）、これと同じ仮象‐内‐存在的な技法が、フォール＝ド＝フランスやコルドバ、キトあるいはパッソ・フンドでは賞賛されていたのである。

都市はあらゆるところに現れる。

クエバス[27]は奥行を失ったように描く。あるいは通りかかる人やもうじきそこに現れる玄人のために、庇の下にメッセージを差し込んで残しておくように描く。

パチェコ[28]は大時計の目盛りの正確さによって自らの都を構成する。巨大な壁への志向は次第に、歯車のもたらす眩暈に席を譲る。

カミネル[29]は、未来のポンペイのショーに備えているかのように、メリーゴーラウンドや港湾娯楽施設の古くかつ物言わぬメランコリーを極端なまでに描き出す。

いつでも風景がある。フェレル(30)あるいはサニャルトゥ(31)の描く、もつれ合う固定されたトライアングルさえも風景なのだ。

＊

そしてブラウン＝ヴェガ(32)の作中にクレオール化を読み解くときにおいてさえも、風景がそこにある。眩いほどの混迷の中で渦巻いているのは、パパイヤ、侍女という追従者たち、カルタヘナの浮浪者たち、入れ子状になったピカソやフェルメールやベラスケス。これらすべてが、あの海原の一方の岸から他方の岸辺へと私たちの記憶の数々を揺さぶり、そして厳かな表現の高みへと登っていくのである。

私は、私のペルーを離れたことはない。私の出身地ペルー、私の生まれ故郷であるこのモルヌ。この土地の高みが私の頭にこびりついている。眩暈へと誘うその力ではなく、透き通ったものを作り出す能力にこそ惹きつけられるのである。次に突如として透明なものが鉄分の要素を増し、河口や湾を描くように流れていくのである。

同様のことが、キリチ(33)の絵について言える。キリチはまさしく自らが（あらゆる運動が純粋機械に、純粋な生成に、最後の船になるというほどに）作り上げたこの透明性をその限界までに推し進めようとしているのだろうと思ったこともある。おそらくなおも時折彼はそうすることだろう。だが私に見えてきたのは、彼の作品の半透明の造りの奥底から立ち現れる、始原の大地が掘り返される光景である。

柔らかな大地が眩いエネルギーを含んでいるかのように同心円上に現れて、ピラミッドを聳り立たせる。そこには、古の人類の刻印がある。ピラミッドが生み出すのは狂おしい透明性と耐え難いといってもよい無限の投影図である。しかし最後には大地が戻ってくる、倦むことのないその姿で。事実、世界の創造は常に再開されている。私たちの多重創世は汲み尽くすことができない。

問われているのは、いつもそれなのだ。

重要なのは、その瞬間である。欲動がまたしても物質を打ち、空間が動き出し、厚みを作り出し、大地と透明性が、暗闇と光明が互いに混じりあう瞬間である。

大事なのは高みである。

*

そして、マッタともに爆発が起こる。**あらゆるもの**の爆発である。

家屋への無限の隔たり

初めて目にしたマリオ・グルファン(34)の絵は家屋の絵であった。おそらくは城、あるいは大邸宅《カーサ・グランデ》、ないしは泥土の上に佇む小屋だっただろうか。一つの窓が見て取れた。それは高く神秘的なオジーブだったのか、あるいは木造ないしはトタンの二つの部屋の間の単なる割れ目だったのか。いずれにしてもこの窓は、未知への移行路で、家の中心へと通じていた。つまりこの窓はその家の中心の存在ないしは不在を、風景の中に見せているのである。豪華であれみすぼらしくあれ、家屋はそこで静かに秘密を宿している。

内側と外側との境界線の物語の中に入り込んだ私は、一人彷徨する登場人物となってしまった。吟遊詩人《トゥルベール》か、サトウキビを刈る者か、当て所なく歩き回るグリオ(35)か、はたまた単なる夢想人か。夢の水が住人たちに供され、私はこの石材と木材の傷に、茅葺き屋根の裂け目に、思いを馳せた。私が眺めていたのは窓だけだったが、家はそこにあった。一日の疲れですっかり褐色か黄土色かになった私は、壁にこびりついたような、あるいは夜の闇に大きく口を開けているかのような、青と紫の淡い色合いに見入っていた。果たして私は一人だったのか、あるいは友人と一緒だったのだろうか。この空間の錬金術についてある子どものために解説を加えようとしていたのだろうか。漠たる過去の亡霊のような、夜ごとに悲嘆にくれる月のような、この出入り口をひっそりと動く人々の姿に、私は目をきちんと留めていたのだろうか。

かつて聞いたある物語が私の心を奪っていた。戸口から私がうかがっていたものそのものの形をとって、私自身が絵画中の光景とその観客のどちらにもなっていた。日々の私の褐色と黄土色は夢の中の青と紫と出会い、なおも窓が開いたその場所で——何が見えるだろうか？——、私は丸みを帯びたキュビスムのギターの重みを支えていた。そして最後には私自身の姿が透けて見えるのだった、自分の言葉から追放したこの現実を背景に、泡を散りばめた青の広がりが、サフランのような黄色と暖色系の栗色をした孤独なシルエットが。

この館の壁面が霞の中に沈んでいくにつれ、逆にいくつもの小屋が、それらが共有する腐植土や夜の闇の中から、力強くくっきりと浮かび上がってくる。まるで内側から洩れる光が小屋にとって飛び越えてはならない階段であるかのように。私自身を変えてくれたこの物語は、私の視覚をも洗練してくれていた。視覚とはおそらくもっともラディカルかつ不確かな知覚だろう。

絵画作品はリアリズムと抽象との間に立てられた綴じ目をやすやすと解いてしまうことを私たちは知ったばかりだ。というよりむしろ、私たちの世界を野蛮化するものへのありのままの理解と、その世界に僥倖をもたらす何かがゆっくりと遅れて立ち上がってくることとの間に、反射的な戯れが働いていることに私たちは気づいている。

画布の上に爆発する暴力が、私たちの混沌－世界をあまりに字義通りにあらわし、そしてあまりに反復的であるのは、おそらく私たちがそこに踏みとどまって、剥き出しの被投性に近づくことができるようになるためである。この世界の激しい喧騒を下手に鈍感な形で暴き、その奥底を飽くことなく粉砕しようとすることは、この混沌を解き明かすのに私たちが必要とする力の織りものを、それがどうであれ、どこかへと遠ざけてしまう危険がある。

例えば以下のような極端な言い回しに要約されていることである。「グラフィティ・アートは時としてトートロジーでしかなく、スーパーリアリズムの肥大化する象徴の下にはたいてい何も隠されていない」。最近の表現様式についての言及はこのふたつにとどめておこう。グラフィティ・アートは形態ではなく記号をとめどなく炸裂させ、スーパーリアリズムは表現方法ではなく意味作用を無意味にふくらませているにすぎない。

グルファンの家屋と打ち捨てられたその周囲は、（芸術家なら誰でもそうするような）緩やかに暴き出すというその力と私たちの無垢の暴力とが共鳴しながらも、沈黙の劇の中でひっそりと消し去られてしまう、そんな場所のように私には見える。そして窓は、私たちのヴィジョンの二つの必然性を繋ぐ導水溝を開いてくれている。つまりは境界面を成していると、無邪気にも私たちはそう呼んでいる。むしろここに認めるべきは、これら接し合う無限の面が、私たちの条件のあらゆる面が、そこに織り成されていることである。例えばカーニバルのマスクに取り付けられた多数のひび割れた鏡、そこに私たちは自分自身の姿を映し出すのをためらってしまうが、目立たずとも執拗なその光は周囲に揺らめき、私たちを不意に捕らえては、私たち自身を反省／反射《レフレクシオン》へと誘うのである。

根と上昇の論争

昨日、拡張された空間をいくつか歩きながら、透明性とマティエールとのせめぎ合いについて、考えを巡らせていた。今日、ガブリエラ・モラウェッツ[36]の風景に出会い（彼女は自らが描く風景を時の風景と呼んでいる）、初めて出会ったわけではないが、根と上昇との論争について熱い不安を覚えた。

論争、議論《ディスプタチオ》、それは思想が身にまとう、もっとも確実かつ古くからある補強法の一つであり、思想はそれを通じて想像界と絡まり合っていく。この至高の論争は、それがなければ見捨てられた構築空間の中で物言わぬままになっていたであろう諸要素、あるいは反対要素によって互いを活性化するのである。しかしこの論争は肉や震えを押し隠してしまうような一般性に留まる言説ではなく、また言葉に至らない単なる音節の集まりのような、乾ききった押し花のようなものでもない。争いと論争、それらはモラウェッツの絵画にあらわれる諸形態がそうであるように、何よりまず互いに絡ませることへの情熱である。

根から上昇へ、生命のさまざまな形態のなかで作用し、そして（絵を描くことで）私たちが得られる

表象をあらわにするもの、それは何よりも、変容の術、放射状に光を放つ錬金術である、
それはさながら、容赦なく変動するこの世界に接する術をもたらしてくれる、生のプロペラのようなものだ。モラウェッツの絵が包み込むのは、黄昏の、囁く夜の、そして白む朝の、誉れ高き深淵、その容赦のない輝きである。

タブローであれオブジェであれ、現実を増幅しその目録を作成しかつ現実そのものを創りだす、この変貌の過程における瞬間の一つひとつに、振動するプロペラの回転の一つひとつに、足を止めてみよう。描かれた作品とそのはっきりと形どられた構造は、あらゆるものの変容それ自体を引き立て、そこに意味を付与し、絶えず動き続けている。ガブリエラ・モラウェッツの技法の特異性はこのことに由来する。写真の上に施された細工、「分身」と双生児、根や茎に姿を変える高貴な鉄くず、あるいはその反対、抱き締め合う一つの身体へと集約される群衆、動揺をきたすリズムに従う渦、反復のもたらす甘美な無秩序。私たちが好むのはこの渦の形象であり、それが描く転回の姿の数々はその一つひとつがほんのわずかながら似通ってもいるし異なってもいる。こうして現れるのが、目には見えない蝋の艶、そして密かに炸裂する銀の染料という、細工の体系的な完成度である。

*

根とは息吹であり、霊性である。モラウェッツの直近の作品のいくつかでは、二〇〇二年のことであるが、この根が単に（魂の宿り眠る）人間の解剖体に、すなわち顔と識別できるようなものを持たない裸

体に、そして原初の泥土の中に横たわりそこから抜根された無垢なエネルギーになっていた。

それとは逆に上昇はマティエールを増殖させ、その流れを煽り立てている。上昇は羽を持った身体を支え、身体は枝となりまた風となる。一方から他方への矛盾の美を通じ、論争は自らに閉塞することはない。

根から上昇へ、あるいはその逆へ、論争はそれゆえ互いに対立するものをくみ交わす。自らが追い散らすものを寄せ集める。まず粗野な素材を切り分け、そこに洗練性を施していく。

〈根〉は霊的であるのに対し、それと同じはずみの力でもって、上昇はエネルギーを沸き立たせる。画家モラウェッツは一つの森となり、自らの眩い影でその創作に覆いをかぶせている。

プランテーション、町《ブール》、都市《ヴィル》

詩人モンショアシ(1)のゼミ鳥(2)

消えんばかりに透き通った鳥であれ、王者の風格の鳥であれ、鳥はみな、風と精気、大気に大地を織りあわせる。水と火も忘れてはいない。

鳥の囀りは、広大な野に響き渡るかと思えば、森のなかでの囁きとなる。それは優しく持続的な嵐を織っていく。その嵐の中へと、本源的な動物たちのありとあらゆる叫び、そして人類のありとあらゆる呼びかけが集め寄せられる。

このような織込み、このような中断されることのない嵐は、〈関係〉の始原の場を伝えている。多くの民が、道を見失い、脇道に迷い込みながら、そこを目指そうとした。今日の私たちを作り出している、解けがたい集合体が半ば見えるようになる以前のことである。

何十年も前から、歴史を振り返りながら私たちが倦むことなく繰り返して言ってきたことなのだが、まず人間たちの共同体が必死になって諸大陸の空白地帯に入り込み、そこを領土とし、入植地とし、土地を切り拓いていったのであり、それは、放たれた矢のノマディズムの運動による直進だった。彼らの先頭を飾ったのがあの神話的な動物たちだった。たとえば西洋の鷲、東洋の鷹といった猛禽類である。

大陸が海洋と同じように開かれていった。それとともに大陸の思想も成長した。大陸の思想は、都市国家、国家、そして国民国家の建設を命じ、地球上に生じたさまざまな震源の中心に〈理性〉を配しつつ、帝国どうしの均衡をもたらした。

そこから何が推察されるだろうか。大陸の思想が世界を自らの企図と対象とみなしたのであり、〈一者〉の受難を実現し、唯一神の宗教を定める創世記を閃かせたのである。他方、島々の多数性は、神々の多数性をすすんで受け入れた。ところが世界の震源地のひとつ、島がひしめく地中海は、地中海を取り囲み挑発する大陸にいつしか変貌してしまった。そして大陸の思想が波間に姿をあらわし、いたるところで征服を叫んだ。

この思想は万人にとって壮麗なものになったが、ある者たちには死をもたらした。思想を駆り立てる飛翔、すなわち理性の高揚と信仰の熱情は、同様に、ミネルヴァの夜鳥(3)と精霊の聖鳥(4)を羽ばたかせた。

別の場所では、自らの使命が明確でなく悲劇的で分裂した二股の神々が、アステカやマヤの火山状ピラミッドのふもとで、翼の生えた蛇という変形鳥(5)の姿となって現れた。その鳥は、何よりもまずアメリカスの大陸における剥奪を告げ知らせようとしていたとも思われる。そしておそらく、強烈な光あふれるカリブ海に散在する砂浜に羽を休めにやってきたのだ。

アメリカ先住民の散り散りになった神々がこの地へ到来あるいは亡命すると、島や群島の思想が本格的に開花した。そして鳥たちはここに密やかに参集した。ミツドリ、マルフィニ、カヤリ、ハチドリ。ハチドリ colibri は、今宵モンショアシ氏が熱く語ろうとしているコリビビ(6)の生きたアナグラムといってもよい。

群島の鳥たち。彼らは征服という苛烈な太陽の情熱に輝くことはない。マルフィニは滑空しながら、休息するための小さな無人島を探している。身体を小刻みに震わせるカヤリは、羽を重くし飛翔の妨げとなる塩のかけらを嫌がっている。ミツドリはたいてい夜の住人であり、藪のなかを引っ掻き回している。彼らは枝のあいだに隠れる。カリブの島々と同じように、こうした鳥たちはいわば暗がりのなかに生きている。

ゼミ島は、時として矛盾する奇妙な真実の姿をいくつも示すのだが、彼らは葉叢の下に、あるいは粗末な小屋の夜に集まり、一団となって海辺のデルタへ翔け下っていった。おそらくタイノ族もカリブ族もアラワク族も、民族は違っても同じように彼らを敬っていたことだろう。神にして神の使者たるゼミ鳥は、自らの起源の根株を保ちながらも、それをばらばらに砕いて周りに振りまいた。彼らには群島がふさわしい。

モンショアシ氏はこのようにも述べた。多くの民族において「死者の魂はある特定の動物のなかに留まり続ける」……。

そうした動物のトーテムとしての機能は、変身において確認される。変身とは、不変性と祖先伝来の特質を維持すると同時に、移行路《パサージュ》の使命をも担うものである。同一のものが他者を知り、ひとつの種が別の種を知る。そうして変化と交換が強化される。

もっとも人間的で、もっとも濃密で、もっとも強度のある変身の形態は、クレオール化である。クレオール化が生じる特権的環境は、〈一者〉の思想の勝ち誇った流通によって長いあいだ無視され、否定されてきた群島である。今や私たちは次のような共有‐場にたどり着く。すなわち、群島はつねに大陸のさきがけとなっており、たとえばエーゲ海の群島はスパルタやアテネといった勝利者の出現を告げていた。だがアメリカスの大陸の前衛に位置するカリブ海の群島はまず、征服された大陸の反響を受けた。

アラワク族とカリブ族は、東からやって来た西洋が彼らに襲いかかって来たとき、島々を放浪する生活を送っていた。そのとき、亡命した翼の生えた蛇は、すでにゼミ鳥たちを仲間に加えていた。彼らは一緒に、西洋の侵略の重圧に耐えたのだ。

クレオール化はこうした敗北から生まれたが、世界のあちこちで息づく叙事詩の多くが災いや怪しげな勝利の後でそうしたように、敗北を肯定的なものに変えた。クレオール化はカリブ海のもっとも貴重な財であるだけではなく、アメリカ大陸の持続可能な唯一の未来であろう。アメリカ大陸は、その大きさや力によってではなく、誰もが認める多様性によって存続するだろう。

太平洋の群島だけが、自らを分泌したかのような固有の土地の広がりが辺りに立ち現れるさまを目撃した。日本、インドネシア、オーストラリアは、島であり列島であると同時に、大陸でもある。それがゆえに、遺伝的特性と突然変異、〈一者〉の恍惚と多様性の祝祭、嫉妬深き神と移り気な神、といったものどもの軋轢は、過酷であからさまである。

群島的思想とは、ゆらぎの思想である。その思想は、唯一の絶対的な方向に向かって孤独で激高した飛翔を遂げることはなく、あらゆる方向に向かい、さまざまな水平線上で震動する場所《トポス》論を炸裂させる。ゆらぎの思想は、システムの思想の強要をかわし、脇にそらすのだ。

世界はゆらいでいるのであり、クレオール化していくのである。すなわち世界は、森と海、砂漠と氷原といった、脅かされているあらゆるものを混ぜ合わせ、また、慣習や文化、さらには、ついこの間までアイデンティティと呼ばれ、その大方が破壊されてしまったものを変化させ、互いにまぜあわせることで増殖していくのである。群島的思想は、この震動に揺れるが、それは地質構造の危機に揺り動かされるからであり、人間たちの混乱を突き抜けるからであり、それにもかかわらず、ようやく鎮まった川の傍、物憂げな残月の下で落ち着きを見出す。だが群島的思想は、ひたすら闇雲に走る熱狂でもなければ、耳を塞いで深淵に向かう下降でもない。この思想は、互いの惹き合うネットワークに沿って道を開くのである。このネットワークにおいては、世界から離れて世界のデータが捨てられることはない。そしてモンテーニュが「人間の条件をすべてあらわす形態」と呼ぶものへと開かれている。その形態とは、〈一者〉でも何らかの本質でもなく、あるひとつの〈全体〉Totalité における、あるひとつの〈関係〉である。

ゆらぎは、他者なき私という粗雑で一義的で硬直した思想とは相いれない。ここで、情を共有すること《コンパシオン》や法といった、いかにも不十分で重みのない言葉をあえて持ち出してみようか。情を共有すること《コンパシオン》とは、それが断固として絶えず正義を要求するときのみ至高のものとなり、法は、それが〈全〉の思想を無条件で規範とするときのみ正当なものとなる。

私たちに、止むことなき嵐が聞こえる。私たちのための〈関係〉を編む嵐。まだ述べていなかったが、ブラジルやカリブ海にみられるクレオール化は、アフリカの諸民族の強制移送によって加速されることになったということを最後に思い出す必要がある。彼らはこの地でさまざまな対立をエスカレートさせたが、その結果として、世界のこの地域に集められたさまざまな生と死、無知と知、音楽と沈黙、苦しみと喜びのエレメントを共生させることに貢献したことは疑いない。移住を強いられ、これほど広大な広がりのなかにまき散らされた人々は、苦しみながら自分たちの打ち捨てられた文化の痕跡をかき集める一方で、自らすすんで他者に身を委ねる……。彼らは予期せぬものを創り出す。ジャズはひとつのゆらぎである。ジャズは群島的音楽として合衆国南部でまず輝き出し、それから大陸に広がっていった。

ゼミ鳥はカリブ海でついにアフリカの鳥たちと出会った。征服から生き延びて羽の生えた蛇から霊感を受けたコリビビは、奴隷船から逃亡した不可視の鳥セヌフォ[7]とともに粗末な小屋の夜を過ごすのである。

島と群島

カリブ。それは渦であり、思想あるいは判断力の陶酔であり、竜巻、出会い、声の調和が必ず生じる場所である。一六世紀初頭からのアフリカ人強制移送、ついで（群島南部における）一九世紀からのインド人強制移送、ヨーロッパ人入植者やアジア・中東の商人の絶え間ない流入、植民地が成立した当初からみられた奴隷制のもとでの社会的地位の暴力的格差といったものが、目も眩むような社会的・文化的な複雑さを生む要因となった。[8] それらは、アメリカスのなかでネオ・アメリカと呼ばれる地域（メソ・アメリカやユーロ・アメリカから区別するために、三〇年ほど前であったと思うが、南アメリカの人類学者たちが提唱したカテゴリーである）の特徴である。新《ネオ》アメリカにはブラジルも含まれる。だがこのカテゴリーを構成する、おびただしい要素をさらに区別しようとすることには躊躇を覚える。私たちは全体的なヴィジョンと細部の分析のあいだで引き裂かれる。カリブ人であらんとする確実で本能的な欲求がある一方で、今ここで、つまり明らかに脅かされている個々の場所で、人間性が否定される数え切れない現実と戦う必要があって、そのあいだで引き裂かれる。だがこのふたつの要求は本当に相いれないものだろうか。目眩はそこにある。

島々に突き出た山の突起を見分けることをやめて、それらの土地にどんどん踏み込み、アブラヤシやカカオの茂みに分け入っていくと、私たちはトサカシジュウカラとともにさえずり、巨大な羊歯のざわめきを見失わず、その根元に大風が吹いても消えない痕跡を容易に見出すようになる。なぜなら私たちはカリブなるもの、あるいはアンティルなるものをついに積み上げたからである。両者はまったく同様である。そして、決して単純で当然なことと思わないでほしいのだが、海の奥底で互いに言葉を交わす海底火山の隆起の連なりを辿ることを学んだからである。それらは諸アメリカに円環を閉じまた開く溶岩の大いなる道である。そこには道標が刻まれている。永遠に自由になるために断崖の高みから飛び降りたアラワク族によって刻まれた道標が。奴隷船から突き落とされたアフリカ人によって海底に刻まれた道標が。これらすべてを合わせて私たちは学んだ。見る術を学んだのだ。私たちはもはや島々の突起だけを目印にしない。つまり、ひとつの島の突起を他から区別するのではなく、島々の突起をすべて同時に視野に入れるのである。それは島々を混同することではない。そして突起だけを見分けるのではなく、小さな陸蟹のとても小さな棘のついた脚をも記録するのである。するとそこには奇跡的な空間が広がる。幻影ではない。私たちの目と脳裏にしっかり焼き付いた「カリブのひとつ目の」現実である。私たちを取り囲んでいる大陸の地形全体が、カリブ海のあちらこちらに、たとえばトリニダート、キューバ、ギュイヤンヌの島々といった場所に現れているのが見える。大陸は島々と絶えず交流する。大陸は中央アメリカと呼ばれる生きた綱によって引き締められ、私たちとメキシコをよりいっそう結びつけた。大陸はアンデス山脈から降りてきて、カリブの海岸の砂と親しくなった。いたるところ、メキシコ、コロンビア、グァテマラで完全に地上に露出した同じような火山が見出される。その場所で火山たちは海底の溶岩の道を離れたのだ。私たちにとってカリブとは、広がりゆく円環であり、堅固で永遠の土地からやって来る谺《こだま》であり、岩であり、竜巻であり、山であり、風であり、歴然たる精神であり、大陸とも島々とも切り離せない剥き出しの力であり、新しい世界への前触れなのである。

熱狂と入り混じり、同じ籠に編まれたかのような多様性の原理をつかみたいと思うならば、あらゆる知の可能態をかき集め、それらを直観の収集力に従わせる必要がある。伝統的な分析はここでは用をなさない。

かつて、島々に大陸の思想が刻印されたときにまず確認されるのは、大きな島々では、闘争の一時退却（強力な抵抗力を島のある場所に集結させるチャンス）が生じたということである。それによって間もなく大きな集団が再編成され、国民精神が生まれ、決然とした農民精神が現れ、自らの取るべき道と力を自覚した文化が育った。小さな島々では、こうした特徴はより挫折的で、不確かで、脅かされたものとなる。安全な島の奥地が存在しないために、持続的な反植民地運動が勝利を得ることはなかったからだ。だからこそカリブ海のグローバルな思想は、小さな島々を拠りどころとして、早い時期に、しかし幻想のように（一七九四年にトゥッサン・ルヴェルチュールの故国に合流しようと身震いしていたグアドループとマルティニクの奴隷たちの夢[9]を想起するとよい）現れたのだろう。一方、国家の形成と国民的アイデンティティの強化によって、アンティルの島嶼－大陸（キューバ、サン＝ドマング、ジャマイカ、トリニダード）のカリブ海的連帯は一時的に妨げられ、後の時代まで持ち越される。島々の地理的条件、とりわけ島の広さとそれがもたらすさまざまな可能性はそれぞれが土地《ペイ》の抵抗の強度、持続、実現の度合いを左右したが、それらの土地における抵抗の様態を決定したわけではない。抵抗の様態は、いずれの土地においても同じ原理に導かれていたのである。

カリブ海の群島に関する二つ目の現実は、群島を形成する国々は、そもそも、土着民の徹底的な殺戮の後に形成された植民地化の産物である点は同じだが、開拓者あるいは入植者は同じではない、ということである。だが繰り返し指摘されるこの事実の裏に隠されている真実の射程は往々にして見過ごされた。祖先伝来の「根」があからさまに刈り取られた社会にスペイン、イギリス、フランス、あるいはオランダの文化が深く浸透したという出来事によって、私たちはクレオール化という共通現象と歴史的並列性から長いあいだ目を逸らしてしまい、それらの事態は気づかれないままになってしまったのだ。たとえば、市場の立つ大きな町《ブール》が興り、それに続いて飛躍的な都市化が進むと、同じタイプの大都市が形成される。それらはみな、もともと奴隷船が到着する港であって決して内陸部ではなかった。そこでは前に述べたように「アフリカ人」の密集という稀に見る事態が起こり、同様の「植民地」様式が発展した。だがそれらの都市の多くは異なった本国から受け継がれた独自な特徴を引きずっているために、生活様式、建築、文化的形象から、慣習、法体系に至るまで見られる共通項や一致点の確認が妨げられたのである。ハバナ、サンティアゴ・デ・クーバ、ニューオリンズ、ポルトー・プランス、一九〇二年の大噴火以前のマルティニク島のサン゠ピエール、ポート・オブ・スペイン、カルタヘナ・デ・インディアス、そしてアンデス地方の沿岸の町、果てはブラジルのバイーヤ地方のような「僻地の」町。それらはみな、実のところ、クレオールの都市である。クレオールという語の、地域や時代によって異なる目のくらむような意味の多様性を許容するならば。

つまり、強制の有無はともあれ、ヨーロッパ本国との交流や相互浸透ばかりに気を取られた結果、私たちがここでクレオール化として定義する、混血という根本的で持続的な一般的特徴は、しばし忘却されたのである。異なった本国への帰属がもたらした長い孤立が、私たちが獲得しえたはずの共通認識の形成を遅らせてしまったのだ。

そうした国々の形成と発展の類型論を検討し想像するのに今なおもっとも適した場所が、小アンティル諸島である。そこでは経済構造が基本的にプランテーション・システムである。南米のラティフンディアより小規模なプランテーションは、厳しく閉じられた単位であり、人々はほぼ完全にその内部で暮らし、遠い本国に依存し、本国と事実上物々交換で交易していた。最近、ジルベルト・フレイレの著作『大邸宅と奴隷小屋』[10]、ジョゼフ・ゾベルの小説にもとづくユーザン・パルシーの映画『マルティニクの少年』で、その強烈なイメージが私たちに示された。

さて、この現象の明白さと疑いを入れぬ真実性について、さらに明らかにすべき意味と帰結に注意を向けよう。カリブ海社会、ひいては広くアメリカ地域の社会において、以下のふたつの恒常的特徴がプランテーションの生活に直結している。

プランテーションの閉鎖空間のなかで、ネオ・アメリカに根づいたふたつの基本的構成要素である白人入植者と黒人奴隷とが出会い、争った。黒人たちはこの上なく苛酷な抑圧を被り、諸部族は一緒くたにされた。クレオール化とは、アメリカ南部全域において社会生活が出現する際の一般的規則であり、それはたとえばメキシコのように、アフリカ人の定住がはるかにまばらで無きにも等しい地域であっても生じた。クレオール化とは混血という単純な仕組みではない。予測不能なものを生み出す混血である。フランス語系クレオール諸語は予測不能な産物である。群島の多言語音楽、ハイチのクレオール語話者やブラジルのポルトガル語話者の混淆宗教、合衆国南部の英語話者のジャズも同様である。予測不能のクレオール化は、次のふたつの現象を結びつけて考えなければならない。ひとつは、アメリカ先住民が根こそぎにされながらも、集団的無意識のレベルにおいて自らの存在をひそかに維持したという現象であり、もうひとつは、言語も神々も道具も奪われ、なすすべもなく流刑に処せられたアフリカ人が、なおも故郷の存在を心に抱きつづけ、そのことが思いもよらぬさまざまな価値を生み出したという現象である。これらはすなわち、文化構成要素として痕跡《トラス》を行使したことを意味する。彼らは自らのなかに痕跡を再発見し、その新しい用途を認める必要があったのだ。痕跡の揺れる不安定で抗いがたい性質は、予測不能なものがなぜ私たちの社会に到来するのかを説明する。また、アイデンティティについての別の概念、すなわち唯一の原理でも排他的で不寛容な根源でもなく〈関係〉として生きられるアイデンティティがなぜ育まれるのかを説明する。痕跡がアイデンティティ形成に与える影響は、往々にして不可視であるが、意識の深層において持続している〔以上が一つ目の恒常的特徴である〕。

私たちが指摘しようとするもうひとつの〔恒常的〕特徴とは、奴隷制の抑圧に対するもっとも決定的な反抗、すなわちプランテーションから逃亡し、森や山中に入ることであった。奴隷逃亡は社会的、政治的、文化的抵抗であり、植民地主義の側に立つ歴史家はたいていそれを認めたがらない。だが、奴隷逃亡こそが真に組織された社会を形成するきっかけであり、国家規模の奴隷解放へ向けた持続的抗争や闘争に必ずといっていいほど先立つものであり、豊かな文化的かつ知的な反応を導き出すものであることを私たちは強調してきた。今日私たちの地域に怒涛のごとく溢れるカーニバルとは、おそらくプランテーションの奴隷たちが一年でたった一日だけ、咎められずその柵を踏み越えて駆け回ることが許されたあの日を、祝祭的ではかない悲喜こもごもの奴隷逃亡として想起し再現する行為なのだ。

今日の世界では、あなたがたにとっても私たちにとっても、事情は変わらない。どこから見ても、私たちはプランテーションに囲われており、そのなかで私たちはともに生き分かち合うことを強いられている。生活の条件は劣悪であり、与えられる選択肢は、押し寄せる恐怖の日々かカーニバルの熱狂のどちらかしかない。だが、ひとつの場所と別の場所〈ここ－あちら〉の連結から、水平線の重なり合いから、私たちは力を引き出すことができるだろう。黙示録の思想に抵抗しよう。

群島は格好の展望台である。一人ひとりがそれらの島のひとつに立ち、つまり自分の国《ペイ》に立って水平線を見つめるとき、私たちは隣の国《ペイ》だけではなく、カリブ海全体を見るのだ。それは私たちの視野を変え、この世界のいかなるものも見過ごしてはならないということを教える。ちっぽけな土地の端くれであれ、手の施しようもない悲惨であれ、恵み深い祝祭であれ。

劇場

〈全－世界〉。それは、私たちが住む諸地域についての既知の所与と未知の所与のすべてが取り込まれることによって実現する全体であり、それらの所与が私たちを無限に満たしているという感覚である。あたかも劇場の舞台に立っているかのように、私たちのさまざまなポーズ〔＝立場〕が分かち合われ、私たちが際限なく大きくなっている感覚である。世界を構成するどんな小さな要素も他のものと取り替えられないという確信。私たちは世界の捧げものであるそうした要素を、舞台に掛ける。それらは私たちのそばにありながら、私たちを無造作に重ねられた水平線へと連れ出す。そして誰もがともに認めあう差異を創り出す。この劇場の舞台は果てしない海に接続している。

モルヌ、低地、デルタの訴え――最初に見た風景

五人の女兄弟と四人の男兄弟がいつも夢見ていたのは、この坂道を下ることだった。アドリエンヌはついにブゾダンのモルヌ(11)を去る決心をした。彼女の姉オディールとヴァランティーヌ、それに妹ママとメディシスはもうすでにこの地を離れていた。二人の姉はそれぞれサン＝テスプリとル・ラマンタンへ、ママ叔母さんは島の南端にあるル・マランに行った。メディシス叔母さんは首都フォワイヤル(12)へ向かい、運河沿いに住み着いた。男兄弟たちはブゾダンに残っていた。このママ叔母さんという人はとりわけ年が若く、きれいと言えばきれいで、バルパライソの中国女(13)よろしく着飾っていた。父母は厳格で儀式や礼儀にうるさかった。彼らは鍬をかついだムラートの一家であり、起伏の多い土地を耕すことに慣れていた。そしてブゾダン、ペルー、ルキュレといった北部の高地に暮らす黒人たちとはあまり交わりをもたなかった。少なくとも私にはそう見えた。

私の母アドリエンヌ、さらにもう一人の黒人を生んだ勇敢な女と思われていたであろう彼女は、私を脇に抱え、ふもとへ向けて水音絶えることのない川に沿ってモルヌの踏み跡を下った。私はこの世に生まれて一カ月を越えたばかりだったから、あたりに広がりあらゆるものを潤すような水音をほんとうに

聞いたのかどうかは疑わしい。だが今でも私にはその水音が聞こえる。繁茂する植物には切れ目も隙間もないのだが、太陽は激怒せぬ激しさでそれらを貫いていた。今でも私の目に浮かぶ、木の枝と葉叢が織りなす青い夜の闇と輝かしい昼の光。

母は川を渡り、次から次へと現れる山を越え、谷を下った。消えかかった道を踏み迷い、草に覆われた沼にはまり、一面に散らばったマホガニーの種に足を滑らせながら。

出口の分からない峡谷に迷い込み、赤土の丘で岩から岩へと川を渡るように飛び移り、太陽と雲の進む方向を追い、マンゴーの大木や紫色のカイミットの木陰に腰をおろしてほんの少しだけ休んだ。昼のさなかにあらわれる木陰の夜のなかにうずくまるとき、首のあたりをかすめる風を感じたのだと母は言った。それは平地の風であり、ちょっと挨拶しに来ただけだよと言わんばかりにすぐ消えていった。風をもういちどつかまえようと、風が去っていった方に顔を向けた。風の名前を呼ぼうとし、愛しい風の流れよ、あなたの名前はなんていうの、なんていうの、と風に向かってたずねた。だが風はもう去ってしまった。ふたたび歩きはじめた。一日中休むことなく、エスのモルヌの裾野を進み長い時間をかけてラ・ペルティエへと降りていった。子供を胸にぶら下げて歩みを止めることなく、ル・ラマンタンを囲むサトウキビ畑にたどり着いた。その先(ロンヴィエ川の反対側)にはレザルド川のデルタが広がっていた。

これが、生後数週間になったばかりの子供が経験した旅であった。誰からもアドリエンヌ夫人と呼ばれていた母はまた、あの、楽しげに茶化す喋り方で、次のように回想し語ったこともあった。自分はモルヌを登るときにわが子を銃のように肩に担ぎ、平らな畑を横切るときには胸に抱き寄せ、坂を駆け下るときには布で背中にしっかりくくりつけたのよ。母の言葉から読み取っていただけるだろうか。母の言葉を通じて、マルティニクの風景の読解が私にもたらされたのだった。

風景がこれほどまでに深い刻印を残すということがおわかりだろうか。刻印は生まれたばかりの赤ん坊の精神や無意識にではなく、身体、反射の仕方、器官に刻まれるのだと思う。薄暗き深山は黄色い太陽の光に揺らめき、峡谷の灰色の静寂は海から遠くまき散らされるさわやかな潮の香りを運んで凝縮し、川音は岩の下にはじけ、硬くこわばって身じろぎもせぬサトウキビのあいだを縫う小道には乾燥した熱気の沈黙した重みがのしかかる。こうした風景の連鎖は、原初の認識として内部に沈殿し、絶えず回帰しようとする。それを私は小説『全‐世界』[14]に結集させようとした。原初の認識はまた、ありのままを語った最初の物語『レザルド川』[15]においてすでに、川の源泉、それをブゾダンと呼んでもいいが、そこを出発点として耕作地を横切り河口のデルタに到着するかたちで結実している。デルタは実のところ、マングローブ地帯に広がるパラグアイ草の茂る荒れ果てた場所にすぎないのだが。

細い水流がいくつにも分かれ、川が細り、ついにラマンタンの入江の紫がかった栗色の海のなかに消えていく。

こうした風景は、生き生きとした象徴として、より大胆に言えば存在者のカテゴリーとして私のまえに現れたのだと、あるいは少なくとも年月を経るにつれてはっきりと現れるようになったのだと言ってもよいだろう。モルヌの頂き、それは伝説であり、神話であり、起源であり、水源であり、それを見抜くのは難しい。平地とは、労働の世界、誰の眼にも明らかな開拓された世界であり、そこから解放されることは難しい。デルタとは、他者、他処、開かれ、未来であり、そこに入っていけるとは、なかなか言えるものではない。このような図式には大きな意味がある。私たちは、たとえばアンティル人の歴史を解読することができるのである。奴隷留置所に押し込められ、いくつものアビタシオンに配置されたアンティル人たちは、おそらくデルタに向かうより先に、山中に逃げ場所を見出した。彼らは、よりはっきりと未来を指し示すために、起源遡行の運動の中で水源へと登っていったのである。

存在者のカテゴリーとしての風景。世界のどこでもそうだが、山はいつでも、〈神の言葉《ヴェルヴ》〉が湧き出る場であり、啓示の場、言葉が蘇る場である。同様に、砂漠は沈黙の創造である。はじめは上昇への切実な憧れであったものを、砂の平原と神秘的興奮のうちに静めていく沈黙を作り出す。だから砂漠のうえに広がる空はとても深い。人々が冒険に繰り出す海は、幻想でありまた現実であり、深淵の恐怖でありまた未来の楽園の約束であり、虚無のすり鉢穴でありまた太陽の行路である。

好ましいか否かにかかわらず、誰の目にも同じただの眺めとしてではなく、非常に複雑で解けがたいものを喚起する真の装置として、風景を捉えてみよう。風景は私たちを、私たちの彼方へと導き、また、内部に潜むものを教えてくれる。風景と私たちの運命との間には連帯がある。風景は私たちのなかで、私たちとともに生き、そして死ぬ。だからそこに赴かずして風景と親しむこともできる。つまり、実は風景の「カテゴリー」なるものは存在しないのだ、残念なことに。

私たちの内にある風景と私たちの外にある風景、この場所とあの場所、昨日と今日と明日、そうしたものを、これとあれの類似へと変換する予見能力が存在する。それはすなわち（私たちの内なる）存在者のカテゴリーであり、それが現実のさまざまな形象を解体し作り直すのである。それらの形象のリストを並べることには意味がないから、私は植物学や動物学に精通した詩人たちに付き従うつもりはない。私たちの記憶は広い受け口であって、個々の名前にしがみつくことはない。たとえば同じプレ山[16]の反対側の斜面に位置するドゥ・シューの森の入り口にあるバラタ植物園を訪れてみれば、世界のありとあらゆる場所からやって来て、〈ここ《イスイ》－あちら《ラ》〉の根と絡み合ったあらゆる植物に関する簡便なリストを得ることができるだろう。そしてあなたはそれらの植物の名を以下のように挙げながら観察することもできるだろう。ホウキヤシ。有明葛。聖母ユリ。トラノオラン。締め殺しの木。フィドルウッド。ステッキヤシ。ウスムラサキ〔ペルシャの盾〕は、バグダッドのみならずアレクシス・レジェのイレ・レ・フイユ[17]へとあなたを連れて行く。松毬ジンジャー。トーチジンジャー。メキシコハナヤナギ。西洋小判の木は、全体性のイメージを放っている。アメリカバンマツリ。サトウキビ、そしてまたサトウキビ、これには六つも七つも品種がある。姫極楽鳥花。オンシジウム。イヌシバ〔聖アウグスティヌス草〕、その他多くの聖なる草木。変葉木。ルリハナガサ。ヘリコニア・ロストラータ。アローカシア・ポルテイ。実に短命なアフリカホウセンカ。ムラサキツユクサ。あるいは虫に姿を変えようと待ち切れないオジギソウ。ベイラムの木。紅紐の木。マウナ・ロア。チャイニーズ・ハット。クワズイモ。紙蚊帳吊《かみがやつり》、あなたはその上にあなたの夢を書き留める夢を見る。ベゴニア。ドラゴン・ツリー。月桃 Atoutmot、私はそれを **À-tous-maux**〔すべての患いに〕と綴る。長々と名前のリストを数え上げた末に、あなたは立ち止まるだろう、どの植物の前にだろうか、えも言われぬ姿の花丁子〔キリストの棘の冠の血の滴〕の前で。ほんとうに目立たない花だ。一つひとつの名前に細かくこだわらず、園内を一周してみると、これら草花の意味が呼び起されてくる。さて、どの草花が私の最初の旅の道筋に咲いていたのだろうか。

あれが私の妄想だったとは思わない。すなわち私はサハラへ行くずっと前からサハラを知っていたのだ。モロッコのエルフードの町の西でサハラを見るまで、私が直接見たことがあるのは、マルティニク南部のレ・サリーヌ(18)に広がる数メートル四方の灰色の地面だけだった。そこは荒地にみえるときもあった。だがまさにその場所で、それとは気づかぬままに、本当の砂漠を前にして精神が剥き出しになった状態に、触れることも匂いを嗅ぐことも名づけることもできぬものとの凄まじい接触に、私はすでに慣れていたのである。

私はまた、海に近づく前から海を航海する者だったのだ。幼い頃、私たちはそれほど海を見つめることがなかった。私たちはよく川に通っていたが、それはすばらしく、また当然のことだった。今では私たちの川は荒れ果て、汚れ、干上がり、ゴミだらけになってしまったが。私たちは海に通うことはなかった――決まり文句のように言われるとおり、島の人々は海に背を向けていたのだ。だが私は、ずっと海と知り合いだったように思う。奴隷船の航路でありゴミ捨て場であり、無意識の底あるいは苦悩の深淵であり、ひとつの神秘と多くの歓喜に覆われた海と。

ある日、ブラジルでの「ラテン性とアメリカ性」についてのシンポジウムにおいて、ひとりの参加者が、海とは西洋の王道であったと述べた。そう、たしかに西洋の王道だった。海は、先祖の多くが奴隷船の船倉に押し込められ、鉄球をつけられて船上から海へ投げ落とされた過去を、長い時間かけて苦労の末ようやく知るに至った私たちの王道ではなかった。往々にして忘却されているこの遥か昔の始まりの時より、海は、私たちにとって、広がりである以前に深淵である。不可視の海底に、その想像もつかない足跡を、私たちは直感的に読み取る。今日、海は、難民たちを乗せた船を飲み込んでいる。

こうした道を、山から海へと向かうその坂道を辿っているうちに、私はサン゠ジョン・ペルスの作品に出会った。そして多くの注釈者が促すとおり『讃』[19]をカリブ海に、『遠征』[20]を太平洋に、『流謫』[21]を大西洋に結びつけながら多くを学んだ。三冊の詩集は題材の求める構成とリズムにしたがっている。それらはもっぱら陸地（島の陸地であり、たいてい群島をなしている）、発見、巡回、あるいは土地への望郷を歌っているにもかかわらず、海の書物である。

たとえば『風』[22]や『航路標識』[23]のなかで気づくのは、海はもはや『讃』あるいはカリブ海の、陰影に富み泡立ち熱気に揺れる宇宙ではなく、『遠征』の〈高原〉あるいは太平洋の、波が大きく絡まりあい巨大化するあの渦巻ではなく、また『流謫』あるいは大西洋の、波しぶきの雨や凍てついた嵐ではないということだ。海は普遍的なものとして理想化され、考えられる具体的な現実のカテゴリーから離れ、空疎な象徴となり、一般化されて自らの存在の重みを失ってしまった。だから、水と微風を寿ぐ大伽藍である『風』や『航路標識』といった詩集を、『遠征』とおなじ伝説的な高みに置くことはためらわれる。

思想の限界的な前進や文体の偶然的僥倖は、風景を具体的に生きる中での詩的な鋭敏さ、あるいは純粋に詩的筆致としかいいようのないものによって到達され、高められる。決して神秘的交感でも、土地への利害を含んだ回帰でもないのだ。現代世界の風景は、戦争や弾圧や人間の盲目と愚行のせいで、あらかた風穴を開けられ、彩色を失い、地下水源にいたるまで破壊されている。今日、私たちが知へ接近する方法のひとつは、こうした荒廃の抑制を試みながら、あくまで荒廃を超えて世界の風景に接することであり、風景が〈全-世界〉に向けて差し出すあの解けがたいもの、あの不透明なものへと沈潜していくことである。それは〈全-世界〉を守るためなのだ。そこにこそ、説明不可能で攻撃不可能な、ゆらぎの知の場所があり、それをたゆまぬ熱意で保証してくれるのが、詩的言語《ポエジー》なのである。

E・R・クルティウスの浩瀚な枕頭の書、『ヨーロッパ文学とラテン中世』[24]において私をもっとも驚かせたのは、何度でも繰り返すが、ヨーロッパ文学のトポスとはまったくのところ、泉と牧草地の現実ないしイメージのなかに維持される、という主張である。それを私流に解釈すれば、すなわちヨーロッパ文学は、大地、水、リズム、声、沈黙の探求、ないし、それらの尺度内の律動を強く指向する。そして、それらのものが度外れ《デムジュール》なるものを示すとき、最初の設定に対する反発が生じる。

ほどなく私たちのもとに世界の直感ともいうべき感覚が到来する。二〇世紀ヨーロッパの詩人たち、たとえばフランスにおいてセガレン、クローデル、サン゠ジョン・ペルスらは、トポスはそのままで、詩の対象を変えた。すなわち、彼らの対象は世界であり、度外れなるものを彼らは捉える。彼らの詩学は、〔世界という〕度外れなるものの律動である。

しかし私たち〈南〉の詩人にとって、私たちのトポスは泉や牧草地といった平穏の持続が約束される場所ではなく、灌木帯、解けがたいもの、地震、ハリケーンといった突発的で予想できぬもののなかにある。そこでは度外れなるものが最大となる。度外れなるものという言葉はそれ固有の対象をも指し示すから、私たちの詩学は、度外れなるものの過剰な律動となる。[25]

ニーチェやアルトーがこうした秩序壊乱の領野を掘り下げたことに注意すべきだ。右に示した図式は絶対ではないし、西洋世界は一枚岩でもない。だがその二人の詩人はすでに、ある不安を、苦悩に満ちた次の問いを提示していたのだ。詩の対象と語る場所の全面的に度外れなるものは、新しい規範を導くのか？　知られざる新たな律動を導くのか？　私たちにその規範が必要なのか？　世界の体内には、律動から度外れた律動へ、そしてその逆へと永遠に振れ続ける振り子時計が埋め込まれているのか？

この問いは、サン＝ジョン・ペルスが描く食堂のなかで、食事する者の椅子のうしろに控える黒人の召使のように、私たちの背後で押し黙ったまま雄弁に屹立している。それは文学の問い、まさに文学の問いである。その問いはさまざまな風景のなかを辿り、おそらくは風景どうしを、モルヌを平地に、平地をデルタへと接続する。

プランテーションなるものと都市《ヴィル》なるものをめぐる議論

世界の至るところで、静まり返っているが度重なる不幸が刻まれた一本の道が延び、私たちを〈プランテーション〉から〈町《ブール》〉、そして〈都市《ヴィル》〉へ導いていった。小さいのもあれば大きなのもある。結束の強いのもあればクレオールなのもある。湾岸にうずくまるのもあれば、モルヌに挟まれた都市もある。『館』、『村』、『町』といったウィリアム・フォークナーの著作のなかで、ヨクナパトーファ郡の住民も同じような道筋を辿っていることに読者は気づくだろう。フォークナーにとって、〈町〉はすでに萎びた果実だった。それはおそらく北軍《ヤンキー》の呪いのためであって、その呪いは、〈南部〉の伝説的な大森林への脅威のように、遠くに浮上する。

だがアメリカスの至るところ、すなわちもうひとつの〈南部〉にみられるスラム街や貧民窟《ファベーラ》(26)の泥沼に完全にはまり込んだ人々――彼らはそこで生まれたか、そこに投げ込まれたかのどちらかだ――はどうだろう。彼らは、その道を辿る時間も与えられずに、都会的などとは呼べない錯乱をセメントとトタン板でかろうじて固めたぬかるみのなかに、瞬く間に閉じ込められた。底なしの海に呑み込まれるように、かの近代性《モデルニテ》に呑み込まれたのだ。

アンティル諸島では、パトリック・シャモワゾー氏が、それほど性急ではないが同じように苦渋に満ちた人々の道程を描いた。フォール＝ド＝フランスのテキサコ地区の物語[27]において、さまざまな時代（藁、木、トタン、コンクリート・ブロック、セメント、等）を再構成し書き留めたときのことだ。

大都市の人混みの中で生まれ育った人々、ビルの森や藪のように錯綜するダウンタウンしか歩いたことのない人々は、そうした長い道程を辿ることがなかった。その道筋には、まず草の生い茂る町はずれがあり、あちこちに荷車や自動車の残骸が見えてくる。そして黄色い土の見かけばかりの大通りや、板張りの広い歩道にはみ出す舗装道路があらわれ、やがて二階と三階が未完成のまま剥き出しになった集合住宅がそびえ立つ――金属の骨組みの上部にセメントの太い柱がじかに角のように突き出ている――。灰色のセメント製のレンガの積み方はいつも歪んでいる。身体に合わぬ背広と硬い靴に身を包まねばならぬ日曜日に、村の入り口で足を洗う短い世俗的儀式をそうした人々は知らない。

〈プランテーション〉あるいは〈アビタシオン〉が消えてなくなることはなかった。水源が涸れることはなかったのである。〈大通り〉に沿って教会のベンチまで降りてゆく人々にまとわりつき、人々の脳裏で渦を巻き、心を冷たく叩いていたのである。たとえばウィリアム・フォークナーの『村』では、町《プール》なるものが描かれている。町《プール》は貧しい白人と麦わら帽子をかぶる名士のためにあり、黒人はそこでは一員として数えられることはなかった。墓地への侵入者になることも、〈館〉あるいは〈アビタシオン〉のなかに加えられることもなかった。黒人がクー・クラックス・クランの狂信者たちの手を逃れることはむずかしかった。しかし〈村〉においても〈町〉においても、黒人たちは皮を切り刻んでサンダルをつくり、威勢のよい音を立てて樽にたがを締めるようになりはじめた。そしてルイジアナのオークの木陰や、バラタのマンゴーの木陰で、ハサミと黄色い大きな櫛を躍らせて硬い髪の毛を散髪していた——町《プール》は〈プランテーション〉と人口規模を競い、いつも勝利を収めた。

都市《ヴィル》なるものが貪り尽くしたもの、それは、必要であるはずの時間である。今日では、あらゆるものが狂乱のカーニバルのなかで息つく暇なくもみくちゃにされ、私たちは何時もその大騒ぎの知恵を学んできたように思われる。大きな都市では、〈館〉や〈プランテーション〉では掟だった労働をあなたに強制する者はいない。黒人は町で顧みられることはないが、そもそも、どんな人間も顧みられることはないのだ。小さな町《プティ・プール》の裏通りで一日の仕事を終えて帰宅した乗合バス《タクシ・ペイ》の運転手は、今日はお客がたくさんいたかと尋ねる妻にこう答える。「さっぱりだね、三人、それから二人の混血連中《ザンディアン》[28]だけさ」。インディアン、マラバル、クーリーなどと呼ばれる人々[29]は、黒人が小学校修了証書を得るための読み書き試験でくたくたになっているあいだ、農業労働を引き受けた。私の叔父の一人、トントン・べべと呼ばれていたベラールは、インド人と黒人の血が半分ずつ流れる混血（シャペ・クーリ）であり、ジャマイカのトリニダード人によく似ているといわれる。プランテーションなるものは都市と混ざり合い、都市が島々の中に入っていく。島々はさまざまな民族を絡み合わせる。どれが誰を保ち、どれが何を失ったのか？

都市なるものは私たち一人ひとりを分断し孤立させるのだ、などと声高に叫んでみても仕方ない。大都市であれ小さな町《プール》であれ、それは悲惨とともに魅惑の闇を広げる。ここでもう一度、複雑きわまりなく見通しがたい私たちの現実に接近するひとつの方法、紋切り型の言い方で、都市なるものを考察してみよう。人目につかぬ界隈、淀み増殖する貧民窟《ファヴェーラ》や郊外、猥雑な通り、犯罪の結社と孤独の不幸、真昼の平穏な広場、紛れもない闘争、ビジネス街、ストリート・ミュージックとホームレスの段ボール、屋台のテイク・アウトとショーウィンドウがきらめくブティック。こうしたものはみな、実は夥《おびただ》しい巨大なプランテーションから生成されたものだという事実を私たちは知っているだろうか？　プランテーションにはそれぞれの歴史があり、群島から大陸へ、ひとつの岸辺からいくつもの海を隔てたもうひとつの岸辺へ、広大な空間を隔てながらも互いの姿をみとめ合うかのように広がっていった。今日、人間以下の暮らしがドブのなかで腐臭を放つ貧民窟のすぐとなりに、目もくらむ都市がそびえ立つ。虚無的な絶望から生まれるもっとも恐るべき行為のひとつである自爆テロは、まさしく都市的現象である。死との出会いがばっくりと開いた問いを投げつけ、家屋のえぐられた壁のあいだで炸裂する。都市なるものは絶対的なゆらぎの場所に他ならない。都市の世界を駆け巡ったハンス＝ウルリッヒ・オブリスト氏(30)に促されて私は、建築に関して、新旧を問わず、ゆらぎの都市に目を向ける。ロサンゼルス、イスタンブール、ナポリ、メキシコシティ、サン・フランシスコ、大阪、京都(31)、こうした都市はきわめて大胆で、もっとも広く開かれている。だがそこには巨額なお金が必要とされることは避けがたい。その一方で、世界のいたるところで地面にへばりつく村落は陸にあって安定している。

ひとつの言葉、そのレトリック、その寸断された連鎖のフラクタルな展開。かつては〈プランテーション〉の文学と〈都市〉の文学が形成されていた。今日では移行路《パサージュ》の文学が出現する。推移の文学ではなく、ふたつのものの間に語られる間言的文学——原初のプランテーション的凝縮（農村、夜の獣、明け方のスクーニャン(32)、つきまとう蚊）と、誰にも実際まったく予想のつかない突然の眼もくらむ都会的回折との隔たりを満たす——文学である。それは空隙の文学ではあるが、私たち一人ひとりに、〈プランテーション〉から〈首都〉へと向かうさまざまな道筋をゆっくりと示す地球全図を描き出すものでもある。

民の想像界

マフムード・ダルウィーシュ[1]へのエレジー

アフリカの風が大西洋上で手繰り寄せては、私たちに吹き捧げてくれる供物。それはアガディール[2]のきめ柔らかな花粉、イバダン[3]の青光りする蛍の群れ、ジェンネ[4]の砂漠に育った震え立つ宝石、そして自らくすねた小石の微熱に幽閉された詩人の言葉。風はアメリカスの狭間パナマにときめき、運河を通り吹きすさむ。イースター島へと通ずるこの風は、彼の地で安らいでは、オリエントのシムーン[5]から産み落とされた空間の数々を駆け巡る。戦塵の慄きから抜根された詩人の言葉。天空の広がりは地平線へと達し、あちらこちらにマングローブの緩やかな情熱が、そして語の中心には思いもかけぬアーモンドが。

詩なるもの

詩人は立ち上がり、彼と共に世界を屹立させる。これが仕事なのだと、ことの始まりから心得ている。苦悩と喜びを内に併せ持っている。この出発点をよりよくたどるために、いま一度普遍という使命に立ち戻ってみよう。詩人を崇めるばかりの注釈の数々が、どこまでも彼を押しつぶすのだ。詩は普遍なるものを産出しはしない、否、詩は動転をもたらして、私たちを変えるのである。

詩人の名はエメ・セゼール。詩人は語を置き換えるのである。「カトリック」という語、これは、事実、「普遍的」を意味するが、この語の代わりに「横暴な」を置く――「彼らへの私の横暴《テイラニック》な愛は、いまさら言うまでもない(6)」。『帰郷ノート』にこう書いたとき、彼の盟友レオポル＝セダル・サンゴールはおそらく心を痛めたことだろう。ここで述べられているのは、詩人が世界という肉体から切っても切り離せないということであり、詩人は世界から自由に逃れ去れないということであり、詩人が自らに課すのは、世界のすべての味わいに対して、そこに隆起し現れるすべてのものに例外なく名を与えるという、厖大な仕事である。「あらゆる虫が数えられ、〔……〕諍いすべてに、災厄のすべてに……(7)」。突如として、土地の数々が現れるのだ、区切れのないページの上の風景に。であるならば、数え上げてみよう、詩人がそれを望むように[8]。

「真っ赤なラムに鳴り響くガボン」
「ブラジルなる語の砂糖が沼地の奥底に」
「コンゴの腿には女王殿下のバトゥク[9]が」
「カナンガ[10]の水がみな大熊座から我が両目に溢れ返り」、そして
「サン＝ピエール[11]の我が両目立ち向かいしは死灰の下の殺し人」
「激しきチンボラソ[12]」――これは何度となく現れる――そして、
「猫背の町、バッス・ポワント、ディアマン、タルタヌ、カラヴェル[13]」、そして
「ここから我が眼に映る、ベヌエと、
ロゴンと、チャドとが、結ばれているのが
セネガルとニジェールが繋がっているのが
吠えている、沈黙が夜が吠えている、ここから耳元に届く
吠えるニーラゴンゴ[14]が」
「ダオメ王の女戦士たち」、そして山が続いていく
「アンデスは唾を吐き、マユンベ[15]は聖別され」、さらには
「チリキ[16]のうら若き娘たち」
「死海から解き放たれて」
「バイーア・ジ・トードス・オス・サントス[17]からの手紙」
「ボルネオ　スマトラ　モルディヴ　ラッカディヴ

私に要るとすれば　サンダルの香を纏ったティモールひとつ
あるいはモルッカ　テルナテ　ティドレ
果てはセレベスはたまたセイロンか[18]」
「ザンベジする俺は、時に激しく狂い咲き、時に唸り木となり、また人喰らいとなり[19]」
「ベナンよベナン、苛立ち人の石よ
イフェ、かつてはウファであったか[20]」、そしてやはり
「アフリカよ！」、さらには
「私にはこの豪奢な手が、かつて古の帝がクスコの地で身につけていた
この手がある」、またときに
「グリーンランド」——詩人は〈南〉の中の南を離れて北風を遡り、
スカンジナビアの島々の沖合が不意に現れる——、そして
「氷山の海賊船が密集し塊となって向かうはオーステンデ[21]……」

幾多もの土地が現れては、ひしめき合っている。その列挙、幸多きこの列挙は、詩の至るところに散りばめられ、さながら無限の広がりを見せている。しかしこのリストはなんら普遍性を帯びてはいない。このリストはある一つの場所から出発してなんらかの一般化を目指すものではなく、いかなる観念も洗練することはない（普遍は個別の中には存在しない、私たちの側が普遍をある個別の中に求めたりそう想定しているだけなのだ）。この類の列挙によって、詩人全霊の言葉——すなわち行為——を不滅なものとするあるものが打立てられる。それは世界の〈全体性〉の苦しくも激しい列叙法[22]、そう、〈全‐世界〉の脆くとも消えることのない谺《こだま》である。

これは単なる地名辞典ではない。始原の地学がもたらす解けがたい絡まり合いが、私たちの夢の門を叩いているのだ。一般化を目指す概念などではなく、そこには各地の民の災厄と恐ろしいまでの痙攣が、騒然と音を上げながら埋もれているのである。ここに挙げられた土地の数々は、不穏な空気に接し、取り乱し、殺人者たちに立ち向かい、荒々しく、いびつで、熱狂的で、激しく怒り狂っている。言うなればこれらの土地は、私たちの現実の最深部を穿つような地下深くに轟く声によって生きているのであり、その声に接することのできる存在こそが詩人なのだ。土地の織り成すリズムとはまさしく詩のリズムそのものなのである。

リズム。詩のテクストに取ってつけるかのように、パッとしないわざとらしいリズム比較を行ってきた者は、リズムという問題にどれほど悩まされてきたことか。ときに詩のテクストに刻印を与えるのは、例えば人種の韻律でもあるだろうし、あるいは反修辞的な熟考の鼓動、さらには現実から生まれた半諧音《アソナンス》からの模倣的断絶など、際限はないだろう。これについて、まずは詩人自身が言っていることに耳を傾けてみよう。

「外部から作為的に押し付けられるものではなく、深層部から湧き上がってくるもの。陽の光の下で高鳴り、その強烈な姿を現す夜の血……。巧みな言葉の旋律ではなく、私自身の深淵なる内的震動……」(23)

深層部、血、震動というものが、みな世界に由来しているというこの考えには、私も同意である。世界から湧き上がる血。ある民族にとっての、ある人々にとっての真実、それは世界の動きそのものと一体となって彼らが互いに感じ合うものから生まれるのであり、詩のテクストはそのことを耳を聾するばかりに告げるのである。民族や人間の中には、世界を夢見るものもいる、中には世界を支配して、開発や利用の対象とするものもいる、また世界を抽象化したり、あるいは世界を乗り越えようとさえしているものすらいるだろう。

ここに挙げたような世界との接し方によって人種というものが指し示されるのだと、そして幾千もの世界との接し方が存在するのだと、ここで思い切って仮定してみよう。それは幾千もの人種が存在するということであり、多種多様な人種の数々が同じ一つの人種の中にいるということである。その数多の人種どうしの絡まり合いは、遂には無限のものとなるだろう。リズムとは、〈多様性〉の底知れぬ車輪軸なのである。

世界のゆらぎと苦しみを最も奥深い地点から呼び起こし導く荒波の中へ、詩人は恐れることなく身を投じ、また詩人自ら打ち明けているように、そこからこそこの詩人は現れたのである。ある存在の、形のない不確かな動きに触れるために。「僕は事物の不吉な厚みに取り憑く」[24]。厚みはリズムなど寄せ付けないのだから。

*

イメージもまた、この詩人がつかさどる道具である。シュルレアリストたちは奇異なものと幻想的なものの灯籠にイメージを吊るしたし、またピエール・ルヴェルディはイメージを構成する各要素が現実においてかけ離れていたり対立していたりするほど、イメージの力はより一層その輝きを増すのだと、述べていた。「猫の頭をした露」[25]、「優美な屍骸が新たなワインを飲んだ」[26]、こういったイメージを思い描くのに、私たちは既に慣れていたのである。

こうした手法はこの詩人も認めている。しかし彼の練り上げるイメージは、この手法の規則など軽々と飛び越えてしまう。ある堪えがたい論理にしたがい、イメージが広がってゆくのである。詩人はこの論理のもとにイメージを呼び寄せ、奥底に漂う避けがたい流れによって、抑え難きバロック的臨界へとイメージを導いていく。かくして以下の詩句は、まず一九四三年に『トロピック』[27]に掲載された後、『帰郷ノート』の冒頭に挿入されたもので（ヴィシー派占領下のマルティニクで書かれた状況的なものであり、おそらくは詩の冒頭を急進化させるないしは政治化させる意図もあったであろう）、八行みっちり書かれた後に、次のように続いている。

「……そして私は災厄の向こう側から豪壮な家々の二〇階の逆向きの高さの私の深みに性病病みの腐れ太陽が夜昼となく闊歩する夕暮の雰囲気の腐食力に備えて、私が常にもっているキジバトとサヴァンナのクローヴァーの流れが昇ってくるのを聞いていた[28]……」

呼吸が続かなくなってしまうほどに畳み掛けてくる彼の手法に、まずは耐えることを覚えねばならない。だが詩は待ってはくれない。すぐにまた先へと進んでいく。

つまり、詩人はある切迫した務めに自らを委ねているのであり、現代の詩学が表現しがちな甘美な滑らかさや甘ったるいニュアンスなどに、彼は拘っている暇などないのである。強烈な光を放つ地平のその先へ、詩人は突き進まなくてはならない。詩人は目録を作らなくてはならないのだ、森の、火山の、詩人を形作る地層の、彼を拉した海の、鬱蒼と茂る彼の嘆きの葉叢の、錯乱する大陸の、そして燻ぶる列島の、これらすべての目録を作り、すべてを計り、詠わなくてはならないのだ、そしてイメージを呼び起こし、そのイメージをこれだけの大地の上に駆け巡らせ、そのイメージを最短距離で導いていくのである。だからこそ、これらのイメージは二元的な構成から生じ、十全かつ厳密な論理に基づいているのだ。

イメージの一つひとつが描きだすのは、各々固有の地誌であり、個別の存在要求であり、入念さなのかあるいは磊落さなのか、判断を下さないという詩人のやり方である。例えば、
「転覆した難船の実に美しい舷窓の中の小さな音[29]」とか、
「瞼の広大な翼へと向かって手探りする涙の音[30]」。

私たちの中には、これもまた一九四三年に『トロピック』誌に掲載された詩「射撃通告」の冒頭を記憶に留めているものもいるだろう。

私の眼瞼の雄ラバが天地以前の私の瞳の重苦しい舗道[31]を滑りゆく
世界の縁で、来たることのない旅人を私は待っている

ラバのことについては、私たちはよく知っている。ラマンタンでは収穫の季節になると、伸び広がる小道にはサトウキビを荷鞍に乗せたラバたちが埋め尽くし、そのラバに私たちは乗り、立ち込めるサト

ウキビの煮汁の湯気が花冠のように広がるプランテーション複合集落の周囲に並ぶ蒸留所や砂糖工場にラバたちは原料を供給していた。菜園の周りには、運河へ向かって下る舗石で固められた二本の美しい小道があった。四〇年代のある片隅に押し込められ、世界から隔てられた、この小さく寄り固まった農村で、私たちもまたあのことを知っていたのである、来たることのない旅人のことを。戦争によって彼の地では多くの人々が入り乱れており、観光客がこの地に大挙してやってくるのはまだ先の話であった。

こうして、町のプチブル連中――白人みたいな奴らで、自らの名字に奇妙な接頭語を付けて飾っていた。ムラートたちは島のペタン派当局に抑圧されて苦しんでいた。そしてほやほやの黒人名士たち、やはり彼ら自身の〈サークル〉があった――の窓の下で、私たちは夜ごとに詩人の言葉を思い起こしていたのである。私たちがとりわけ好んでいたのは、世界のざらつきとも言うべき、灼熱のような詩である。当時『トロピック』に発表された詩であり、『帰郷ノート』に挿入された詩の数々である。

私たちは息を切らすほどの不器用さで、これらの詩を声に出していたのだった、時には揺さぶるようなぶっきらぼうかつ挑発的な詠い方で、また時には突然沈黙を挟んだりして、まるでクレオールの燻製《ブカン》を喉で押しつぶすように。そこにあったのは小慣れた詩の読み方などではなく、冷めたような生意気さだけだった。

一五歳から二〇歳の齢、私たちは精神と魂の反抗に没頭していた（魂とはすなわち、存在しかつ不在である世界の躍動である）。端的に言えば、私たちが信じていたのは言葉がもつ絶対的な力であり、のちに詩人が『奇跡の武器』(32)と呼ぶ、あの言葉の力であった。

私たちはイメージをおおいに振りかざしていた。譲歩もなければ用心深さもない、しゃちほこばったイメージを。例えば件の瞼の雄ラバ、瞳の重苦しい舗石の上を横滑りするラバ。後に、一九九四年の詩人の決定版の詩集からこの言葉が消されたときには、私たちは残念がったものだった。この言葉が私たちの合言葉の一つだったのだから。

この詩人におけるイメージは強烈で、かつなんら尻込みすることもない。イメージは、詩人の言葉を用いて言えば「トリゴノセファルの電光石火的幾何学(33)」なのである。

*

そして詩人は自らの周囲にあるものをしっかりと根こそぎもぎ取っていく。詩は食人《カニバル》となり、詩は詩によってその腹を満たし、自らを養っていく。詩人は、他の詩人らとともに声をあげる、「あらまほしきところでこそ私たちは幸福を握りしめる(34)……」のだと。飼い慣らされ消極的なだけの私たちの受け身な模倣者ぶりからはもはや袂を分かった詩人は、借り物の姿を明かすことを恐れる者の当惑した姿を丸裸にし、自らの身の周囲にあるものを大胆に摘み取りかき集めてゆく。その収穫物は壮麗にして、その儲けは友愛の証し。

『帰郷ノート』の「英国夫人の仰天面のように美しい(35)」のような一節は、ロートレアモン『マルドロールの歌』の「〔ミシンと〕蝙蝠傘の〔手術台の上での〕出会いのように美しい」に対する、恐れ知らずなパロディである。詩人たちははっきりと共謀関係を主張している。

ランボーの鐘も鳴り響いていた、「白人どもがやってくる、白人どもがやってくる！」[36] と。これはすなわち、「白人どもが上陸する！」[37] から来ている。詩人はこの叫び声をまさに取り戻しているのである、なぜなら詩人は、奴隷船をその体で経験しているのだから。詩人は、彼らの上陸を身をもって知っているのである。

さらには、アポリネールが詩「ゾーン」の最後に呪物の一つとして据えた首切られた太陽を、詩人は頭の中に留め、この言葉を書物の松明としていた。

そして、激動するアンティルという土地で詩人がサン＝ジョン・ペルスに出会うその時のことに、思いを馳せてみよう。厳かなるもう一人の詩人ペルスは、永久の〈伝説〉を求め、現実を、倦むことなき〈祭礼〉へと誘っていく。

「そして白昼の燦然たる切断面の上、死よりも純血な大国の敷居に立ち、娘らは彩られた衣の裳裾をかかげて放尿していた[38]」。これは『遠征』からの一節である。

だが詩人は、現実そのものの拭えぬ貧困にこそ愛着をいだき、ためらうことなくこの現実の光景の前に立ち、ざらつくような島の渋味を呼び起こし、『帰郷ノート』で次のように結んでいる。

「立ったまま脚を開き、こわばって小便をする百姓女の突然荘厳さを帯びる獣性のように[39]」

(実際に私たちは、このような光景を最近まで目の当たりにしてきた)

同じく詩人は、シャルル・クロからだったかラフォルグからだったか定かではないが、「太陽に嘶《いなな》く百もの純血馬」を借用しては、その馬たちを太陽にくくりつける。一九四一年の彼の詩、「純血馬」である。

かくして私の聴覚を織りなす軋み弾音の織り糸を
突き抜けるシンコペーションの醜悪な粗さ
純血馬たちは陽の光に嘶きを挙げる
澱みの中で(40)

詩人は、掴み取った言葉を激しくかき立て、その耐え難さを増幅していく。詩人は詩の内部を突き抜けていく。それはあたかも、逃亡奴隷の森を、満潮から生まれる乳液の中を、溶岩の苦々しいビロードを、まっしぐらに突き進むかのように。彼は比類のない世界の略奪者であり、そこかしこに見出すものをくまなく掘り起こし、自らの種を散りばめるのである。

他の詩人たちから、少なくともよく知られた詩から借用し、しまいにはそれを自らのものとしていくあまりに挑発的なこの作風には、しかしながら自ら借り選んだものを折り隠すかのように、独特な語調や叫び声、オノマトペといった、「驚異的な祖先(41)」と彼が呼ぶものから拾い集めた数々のものが散りばめられていた。「ロー・オオ……」、「エレ・エレレ……」、「リクアラ・リクアラ……」、「ポトポト……」、

「エイア・エ……」というように。この手法が敢然と証明しているのは、詩人が盗み取るものは、本当のところ誰からでもなくそして何ものでもないということ、また詩人は誰をも真似することはないということ、そして無為な模倣の時代はその空虚の上で空回りし過ぎ去ってしまったということである。その瞬間からこそ、アンティル文学が広がっていくのである。

詩人に先立ってアンティル文学に寄与した者たちは、自分たちの仕事をこの詩人が裏付けてくれたことを見て取っていた。詩のあらゆる美に感動しつつ、それを当てこすっておきながら、詩人はそれらをくすねていく。そこにこそ詩人の自由、すなわち寝ずの見張りの権利がある。

*

土地、イメージ、リズム、世界の奥深さ、詩の友愛。だが言うまでもなく、これらによってのみ私たちは作品を読み尽くしているわけではない。しかし、何よりまずここで私が語っているのはエメ・セゼールのことである。そう、詩人自らが作り出した、そして人々によって作り上げられた、あらゆる可能性としてのエメ・セゼールではなく、より本質的で解きがたい一人の詩人の姿を語っているのである。

ここでいま一度私が思いをめぐらすのが、もうひとりの意味の匠であり言葉の摂政、サン＝ジョン・ペルスのことである。彼については既に言及はしたが、再び『遠征』の末尾でペルスが謳っていたことを繰り返してみよう。

「しかしわが兄弟の詩人より便りがあった。彼はまたいと甘美なる詩をものにした。幾人かそれを知る人がある(42)……」

ありうべくもなく、必然性もなさそうだが、しかしここで言及された光景を私はセゼールに結びつけようとしてきた。それは私にとって、暗黙のつながりをもつ詩どうしの融合という、新たなる夢であった。典礼が苦しみの頂きに達し、〈神話〉が陽光の頑なで縮れた美で身を飾るその極地を探る、飽くなき探求の試みである。

しかしとりわけこのことは、私がエメ・セゼールの詩を間近から見ることによって（またその人となりを遠くから見つめてきたことで）、世界を探索するその詩の激しさのみならず、苦痛に満ちた大いなる穏やかさを感じ取っていたからなのかもしれない。穏やかさとは、宇宙のそして大地のそれであり、誰もが分かち合う孤独に委ねられてこそ価値のあるものである。

詩人は立ち上がる、彼と共に世界を屹立させる。私たちが虐遇から経験したのは、惨事と戦争と存在否定と殺戮、しかしそれはまた砂漠の親密なる愛情、危殆な森に秘める原理、打ち付けるような火山の狂気、そして遥か彼方で行き先知れぬままどこかへと漂い道を踏み外す都市、これらすべてが、力強くゆらぎの中にあり、そして芽吹かんとしているのである。あの並々ならぬ〈受胎告知(43)〉において。

カテブ・ヤシンについて

その時、私は驚異を覚えたのであった。カテブ・ヤシン(44)の作品の、妥協のなくかつ無駄のない、過酷なまでのその性格に。彼のテクストには、その話し言葉と同じく、冷徹で、優美さを自らに許さない燃えるような強度があったのである。その文章は人を呼び止め、あるいは息を荒げるほどで、そこにはいかなる芝居気もなかった。文章一つとってもそれは現実の無限の細部へと結びつき、ある種の獰猛さを見せるほどであった。当然ながら、現実とはアルジェリアのそれである。目に見える現実のみならず、生の不可解な空白を満たすことのできない実存の粉塵のすべてである。軋みを上げるパラフレーズは、隠された意味を説明するものではなく、その意味を剥き出しにし、認識が絶えず遠ざかっていく底なしの過去へと意味を結び直していたのである。

「彼は食事を森の中で取っていた、彼の血みどろの思考が渦巻くその場所で。彼が好んだ家畜はロバか、あるいはラバくらいだ」

「彼はアラビア語を教えて頭がおかしくなってしまったと周囲でささやかれていた、この〈分派〉の創設者である彼は……」

「これらの旅すべてによって、彼らのノスタルジーが、祖先伝来の狂信へと様変わりしてしまった」

「お前は征服者と戦って、お前自身が抱えているものの不透明さを奴らにぶつけようとしたのではなかったか？[45]」

色彩乏しい現在から創設者たちの過去へとうねりゆくこの二重の運動。そして彼ら創設者たちの姿もまたあいまいで、おそらくは喪失の淵をさまよっているが、しかし彼らは伝説を帯びた、けがれない存在だ。

この詩人はいかにして、日々のボロ布と茨に身を任せ、これらを薄暗き明かりの下に照らしていたのか？ ロバ、サンダル、アトラス山脈の寒冷、曲がりくねる小路地、監獄と拷問の数々（「ムフタールは言う、俺たちは見ず知らずの無知な奴らにボコボコにされたんだ」）、活動家らと殉教者ら、そして潜在的な登場人物たち、〈ラマダンの顔〉、〈監獄の門〉、〈病院の風貌〉、〈不運なハッサン〉、そして〈アラブ・ベルベル人〉、それからすべてのモハメッドたち（「ラフダルは言う、ここにはモハメッドたちしかいないのさ」）、これらがみなありふれた事物や平凡すぎる思想や無味乾燥な貧困の渦の中で入り乱れている。そして不可避的で無秩序なまでに四散しながらも、唯一無二の悲劇の晦渋な進展を、かくも力強く暗示していたのではないだろうか。しかしすなわちそれは、私たちに次のことを知らせてくれるものではなかったか。K・Yの言葉はかつて、そしてつねに、予言的であったのだと。

民族間がぶつかり合う粉塵は不毛であると、そしてその粉塵の上に大いなる真理や優れた文学は打ち立て得ないなどと、そう安易に考えたままにはしないこと。虐げられた人々の声が、かつての支配者たちの定めた法に劣らず絶対のものであることは、今日私たちの知るところである。揺るぎのない〈中心〉にも、また逆上した周縁にも、正当性はおかれてはいないということも、私たちは知っている。その正当性を信じるに利を見出すものは、震央と自ら位置づける場所から捉えるだけで、そのため自らを囲む周辺部へその評価を見誤ったままにしているのである。そういった者は、世界のその他の地域についても同じ誤ちを犯しているのである。彼らには各所から到来するお気に入りがあり、それらが彼らを甘やかしている。私たちは密かに、未知のものと無知なものから、音のない非難を浴びせかけられている。

しかし、このもう一つの逆上、この新たなる予感の力から、詩人は征服者に対し「自ら抱えているものがもつ不透明さ」をぶつける。エメ・セゼールであれば『奇跡の武器』をぶつけたが、カテブ・ヤシンはこのもう一つの逆上に対峙した最初の一人であった。積み重ねられた（多種多様の）現実の何一つとして欠けることはなく、またそれが威を振るうこともない。そこには自らへの憐憫の情など寸分もなく、いかなる美化もない。

＊

すべての存在者、そしてその総和は、何らかの寓話や意図的な注釈へと通じることはない。なぜならばその総和は解け得ぬものの探索となるからである。各々の民にとっての窮境と僥倖は、その深部においてあらゆる民の詩学に遭遇する。これらの関わりが帯びる「不気味なもの」からこそ、私たちにとっての平穏が、再び現れるのだ。

私たちには未踏の土地など残されておらず、調査探検が向かうのはもはや河川や山岳地や砂漠といった秘境ではなく、諸民族の想像界や民族間の接触の、そして相互に引き起こす反発の、驚異的で、数限りない類まれな多様性こそが、発見され、熟考されるべきものとして残されている。峡谷《ラヴィーヌ》を巨大な砂塵の波で乗法にかけてみたら、その積は何だろうか？　雨音のしめやかな歌に絡まる小道で呼びかけられる怒鳴り声のシンフォニーだろうか？　世界へと旅立ちゆくものと、彼の地で動かずに留まり続けるもの、そこに共通しているのは、まさしくこの諸人類間の豊かな交流に対する無知である。発見とは是即ち共有することではなく、何かに留まるということは見誤ることではない。

詩人たちのゆっくりした歩み、視線鋭き彷徨、そして燃え上がる言葉が、私たちに手を貸してくれる。〈全 - 世界〉の乗法的な想像界のどこかへと、果たして私たちは近づいているのだろうか。

かくも多数の忘れられた民たちをめぐる想像界、これこそが私たちには欠けているのではなかろうか。

ある考えが浮かんだ。カリブ海と地中海とについて、友人同士で多少声を高めながら親密な議論を交わしたあとのことである。「地中海は中心化するが、カリブ海は回折する」と言うと、ピエールいわく、「まさか、そんなこと、誰一人おもってもみないよ?」、そしてシルヴィも答える、「じゃあそれは、私の海には触るなとでも?」

そんなやり取りの後、私は『風』や『航海標識』についての不満を述べた。一般化を目指す性格と普遍なものへの傾向がそこにあるからであり、だから、それ以前の三作の深層にある瑕疵と展開とをこれら二作と対比させたのである。実際、それは『航海標識』が抽象的なレトリックの構築物だからということではなく、詩がもう一つ別の海を奏でるパイプオルガンになっているからだ。それはきわめて具体的な海で、楽想と楽節と詩節の海であり、パルメニデスの海、モーセ五書の海、『ムアッラカート』(46)の海、オリーヴとアロエの海である。それはサン=ジョン・ペルス自身にとってはこの上なく重要な普遍なるものを据える海である。それこそが、地中海なのである。

しかし、もう一人の博学なピエールが答える、「そうじゃない、ペルスは地中海を嫌っていたじゃないか」と。そう、たしかにペルスは地中海を嫌っていた、しかし彼は地中海を久しく生きてきたのだ。そしてペルスはアンティルに愛着をいだきながら、そこに戻ることはいつまでも拒んでいた。詩人たちの情動は、晦渋なしかたによってでしか、詩学の荒れ狂う構成の中には入り込まないのである。

『風』。ある意味では『流謫』から『航海標識』の間を繋ぐこの作品は、ある海からもう一つの海への変容を告げている。まさしく最終第四部の第七詩節においてである。

烈しい力が地上の人間の臥所を新たにするや、
葉の落ちた一本の年経た古木が、その格言の織り糸をまた紡ぎ始めた……
そうしてもう一本の身分高い樹木がすでに、大いなる地下のインドから高く生育しつつあった、
磁気を帯びた葉を繋らせ、新たな果実をたわわにみのらせて(47)

この「古木」こそが地中海に擬えられ、「大いなるインド」はアメリカスへの序言となっている。落ちる葉は格調高い博識の純粋な形。対立物が照らし出すのは、「格言」という打ち震える理性の光が輝く場所、すなわち、力強い「地下」あるいは「新たな果実」の「磁気」である。

むべなるかな、二人のピエールはギリシャ＝ローマ＝ユダヤ＝アラブ＝ラテン的な海（その周辺のメソポタミアやトラキアの海はどうだったろうか）を執拗に擁護したり、ときには差し控えたりしていたが、彼らはしかしいずれも、『風』と『航海標識』とを、『遠征』と完全に同格においていたのだった。

出口の言葉2——ゆらぎの思想

ゆらぎの思想、それは恐れや疑念、不確かさといったものに呼応するものではない。

それは、硬直するシステムの思想に対し、そして猛威をふるう思想のシステムに対し、抵抗するものである。

それは、システムすべてをその方法論的形式の中に封じ込め、そのシステムが絶対的な何かへと転倒しないよう見守っている。

それは、他者なるものとの関係へ、そして交換からもたらされる変化へとアイデンティティを開いていくが、しかしその際にアイデンティティに混乱がきたされることも歪められることもない。

それは、私たちのうちと周囲で揺れ動く世界をめぐる、震撼する思想である。

この思想が立ち戻るところ、それはあの移行路である。そして、モンテーニュが見事に断言した、判断のそしておそらくは〈存在〉の一時停止。アメリカ・インディアンの思想が伝える、大地の所有ではなく大地との接触。アフリカの民のグリオが歌う、閉鎖的でも排他的でもない祖先の系譜が大地に果たす務め。そうしたものへ立ち戻る。カタストロフィは世界を襲うが、希望もまたいたるところから生じるものである。

帝国

私たちはみなアフリカやアジアの湖のうえを飛翔する無限定の鳥のように広がり、水はときおり泡立つかとおもうときまって泥土のように静まりかえり、あらゆる生と死は散り散りになって崩れてゆくのだと言いたいのではない。私たちは相当に気位が高く、残酷で、威厳に満ち、そしておそらく悲惨であるがゆえに、他者や世界と私たちの関係を巨大なゆらぎだと考えられない。そしていくつもの「高きプラトー」から吹きおろす風に乗ったこの無言のゆらぎから、窮屈な等価性の感情をたかぶらせている。

群れの全体、飛翔する鳥の総数は、簡単な技術で正確に算出できるにもかかわらず、無限定なものである。私たちは計算を拒絶し、その厚みのない衣に包まれて陶然となる。土地は隆起し、陥没し、揺れる。ときおりひとつの眼がわずかにはじけ、私たちをその沈黙した群れのただ中に釘付けにする。結ばれあう閃光がひとつの光を演奏する。この完璧な雲状の群れを境界のないひとつの対象とみなそうとするのは私たちの願望である。ヌマクロトキであれ、カンムリフラミンゴであれ、無限定なその群れを個体に分離しようとするのは私たちの妄想である。

さて、ドゥルーズは書く、「文学としての健康、エクリチュールとしての健康は、欠如しているひとつの民を考案することにある。ひとつの民を考案することが、仮構作用の役目なのだ[1]」と。

このすばらしい発言に誰もが心打たれた。初めてバトゥトの民に捧げた本である『サルトリウス[2]』を書いていたときのことである。それはただの偶然の出会いではなかった。私なりにドゥルーズの考えを解釈してみた。問題になっているのはひとつの民を創造《クレエ》することではない。少なくとも引用した一節のなかに二度使われている「考案する《アンヴァンテ》」という言葉だが、考案は創造と異なる。考案とは、創造されたもののうちにはっきりした意図を付与すること、自然の真の延長であり、現在にいくらかの未来を含ませることである。それは、ナショナリズムや口当たり良いポピュリズムの隠れ家や柵のなかに入ることでもない。哲学者が示すように、考案される民とはつねに生成－民であり、あなたや私、そして全体－世界がないがしろにされることはない。

全体－世界を私は〈全－世界〉と呼ぶこともある。それはいったい何か？　可能な答えのひとつはドゥルーズの次の一節にあるだろう。すなわち「ひとが形態上の諸特徴を獲得するよりも、むしろさまざまな近接のゾーンに入ってゆく[3]」ような世界である。今日、私たちにとってまったく変化したもの〔世界〕についての簡潔で深い直感。

人間、動物、風景、文化、精神世界が相互に伝染する世界。伝染は希釈ではない。遺伝学やその他の状況改善を目指す科学があわれに追い求める完全性の選択でもない。ドゥルーズが「健康」と呼ぶものは、「形態上の諸特徴」が示す恒常的でぶれることのない単独的状態ではなく、「さまざまな近接のゾーン」に入っていくことのできる運動能力である。

「近接」と言うとき、あなたが言うその場所は、どうやっても消したり迂回したりできず、また避けがたく開かれたものであると考えられる。個々の「ゾーン」はぼんやりと停滞した自閉的な郊外ではなく、磁力を帯びた活気ある広場である。

すべての場所がひとしく正当化され、その一つひとつが生きていて他のすべての場所とつながり、そのどれもが削除不可能な、場所から場所への開かれ、それこそ〈全-世界〉という言葉が告げ知らせるものである。私たちが問うのはこうした場所の観念（まさに千のプラトー）[4]、場所の境界と裂け目であり、それは私たちの場所と他の場所とを、直截にあるいは遠回しに結びつける、もっとも確かな方法である。

欠如している民とはウォルト・ホイットマンやハーマン・メルヴィルにとっては合衆国の民、トルストイやドストエフスキーにとってはロシアの民、トマス・モフォロ[5]にとってはズールーの民であっただろう。さまざまな場所にそうした例が認められる。だが今日、〈全-世界〉の民もまた欠如している。長い間存在しなかったその民は、多くの民を一挙にすり抜ける。その民を、固定化せぬように名付ける（考案する）ためには、詩学、芸術、哲学、あるいは私たちがまだ知らぬさまざまな方法を用いて、システム的思想から自由になる必要がある。というのも、私たちの現実とは流動的なものであって、どれもが特別なものにすぎない世界の現実のなかで、特権的な（不変の、絶対的な）部分となるはずがないからだ。

ドゥルーズとガタリの詩学に注目する意味はそこにある。私だったらそれを千のジャングルとか千のサイクロンと銘打ったかもしれない。いずれにせよ根本はおなじことだ。すなわち〈領土〉や大陸的システムを逃れて**群島**に入ってゆく思想、欲望、創造力の地勢図である。粗末な小舟がサバンナを航海し、サトウキビが海の波間に伸びてゆく。

*

〈全-世界〉とは生成する現実の場所であるともいえる。私はそれをクレオール化と呼ぶ。クレオール化のプロセスは、今日、空間の収縮と時間の切迫化と混ざり合うものであり、それがもたらす結果は予期できない。

ドゥルーズは**芸術**と**文学**を扱っているのだが、私たちは彼についての注釈をおよそ次のようにまとめてみたい。すなわち、生成の探索がもとめられているところでは、性急に構造を確定する必要はない。

存在と存在者に迫りながら、現実の一覧表のなかで、さまざまな生成を探索することは、受け入れがたきものを受け入れること、すなわち予知できぬものについて考えたり、考える術を学んだりすることを意味する。空間（さまざまな場所）と時間（予想外の時間）のなかで、私たちは、運ぶことのできるあらゆる木材を用いて筏を組み、次々にそれを流すのだ。

*

ドゥルーズとガタリのテクストがたどりついた記述行為《エクリチュール》の明らかな共生を観察するとき、テクストが二人のどちらによって書かれたかを区別する必要はない。

とはいえ、〈全-世界〉が世界性《モンディアリテ》という複数の全体性を遵守する姿勢から生まれる**ユートピアの詩学**によってまず把握され考察されるものであり、また世界性《モンディアリテ》の神経症的な裏面が現実世界でグローバル化と呼ばれるものであることを考えようとするとき、このふたりの哲学者のあいだには、ある種の線引きや役割分担がみとめられる。それは思想の内容というよりも、語り口やニュアンスにかかわるものだ。

私にとってドゥルーズは世界性の渡し守であるようにみえる。彼はさまざまな言語表現《ランガージュ》やそれらの文学的過小評価を斜めに横断しながらアイデンティティの変動の地勢図を作成し、予想不可能なものどもの前に身をさらし、目次を仕上げようと絶えず精を出す。

一方ガタリはグローバル化を丹念に観察する。彼は画一化された不愉快な商品陳列台を触診し、もっとも陳腐で平凡なものに潜むこの上なく抑圧されたものを見抜く。世界各地を歩きまわり、あまりにも隠蔽されたヒステリーやあまりにも露わにされた分裂病に出会う。彼は最悪の状況を想定し、そこから平静を得る。

もしあなたが世界性を生きるならば、あなたはグローバル化と戦うことになる。ドゥルーズとガタリは〔その戦いの〕**足跡**《トラス》のただなかで出会っているのであり、彼らのどちらがもう一人に先んじているかはわからない。彼らが共同で提示する代替案や解決策は作動中の権力によって周辺的なものにされる。だがそれらは、新しい詩学の流体的な身体を築いている。彼らが、生前であれ死後であれ、かくも攻撃される理由はそこにある。

さて、いま一度考えてみよう、この全体性とは何か？　それはただ単に、すべて、という意味なのか？　あるいは、群島から、海から、すべての陸地から集められた現実なのか？　あるいは宇宙から、恐ろしい虚無に覆われた宇宙から、私たちを身動きできなくさせる全–知に包囲された宇宙から集められた現実なのか？　全体性とは、絶え間のない生成である。

多数性の直感は個別なもの、特殊なものを通して得られることを、ドゥルーズとガタリのうちに、私たちはついに見出す。多数性と特異性とのあいだに矛盾はない。多数性とは、さまざまな道筋を束状あるいは螺旋状に覆う（要約する、暴露する）ものであり、一度限りで承認される現実ではない。リゾームとは網状組織でありまた錬金術である。

ユートピア

ユートピアは伝統的に、とりわけ西洋では完全な形態を描いていて、その形態は、改革する目的のために精神が自らに与える現実に結びついている。ユートピアの意図と作用は、なによりも規範的なものだといえるだろう。

改善されるべき対象（**都市**、**社会**、**人類**）、完全性という目標、規範的行動。ユートピアの思想は、ひとつの尺度への調和を目指す。尺度との調和によってはじめて、システム的思想はユートピアを築くこと、あるいはユートピアの場所をつくることができると考えられた。

そうした尺度の探求において、ユートピアの計画は、無駄なもの、副次的なもの、偶然的なものを切り捨てた。プラトンは詩人を**共和国**から追放したのである。

今日〈ユートピア〉の思想をふたたび活性化しようとするならば、こうした考え方はいかにも不適切である。

私たちの複数形のユートピアは、ひとつの対象の改善ではない。私たちのユートピアは、あらかじめ何かを前提とすることはない。完全な形態を目指す規範的作業を想定しているわけではない。私たちのユートピアは、あらゆる尺度とあらゆる度外れなるものとを和解させようとする。ユートピアの役目は選別というよりは、蓄積にあると思われる。ユートピアの芸術は全体性を語るのだが、全体性はひとつの〈モデル〉を想定しなければ、全体主義に陥ることはない。

翻訳、関係

同様に、翻訳は複数の全体性を結ぶものであるが、それらもまた決して全体主義的なものにはならないことに注意しなければならない。私たちは、ひとつの言語ともうひとつの言語との距離を飛び越えるだけではなく、多数的関係という神秘に入っていく。そこでは、声高な言語であれ寡黙な言語であれ世界のあらゆる言語が、反響に満ちた幾重もの道を織り出すのだ。多数性の反響。

ある地点からもうひとつの地点、あるいはひとつの言語から別のひとつの言語、といった単線的な流れはもはや存在しない。あらゆる翻訳は、今や、複数の想像界のリゾームへと入っていく。想像界は多言語的になること（であること）を享受する。

翻訳はあたらしい意味《サンス》＝方向を創造し産出する。翻訳は言語表現《ランガージュ》のふたつのシステムのあいだに驚くべき等価性を設定するという狭義の目的を果たすだけではなく、いまだかつてないカテゴリーや概念をも創造し、既成秩序を転覆させる。翻訳が提示するイメージは豊穣で、たぐいまれな沈黙に満ちている。翻訳は精神の速度を上げる。

　こうしたさまざまな（諸言語、諸文化、諸習慣の）全体性のあいだで次第に進行する転移によって、混血ないしハイブリッドといった概念がクレオール化の原理へと変貌する。クレオール化は混血やハイブリッドの概念に、予測不可能な合力を付加する。（さまざまな強力な転移のなかでもとりわけ）翻訳という流れの力によって、世界のさまざまな場所は私たちに開示され、共有＝場となる。共有＝場は硬直化した吹き溜まりではない。それは、新しい意味＝方向をもたらす沸騰する坩堝としてあらわれる。そこではつねに、世界のひとつの思想が別のひとつの思想と出会い、自らを広げ、豊かにする。

　グローバル化の積極的な対概念は、聞く耳をもたぬローカル化でも鎖国でもなく、連帯する多様性という方針あるいは詩学、すなわち世界性である。翻訳という技は世界性を仕立てる仕事場のひとつである。

　私たちにとって、一つひとつの場所は、至高なものでありながら開かれている。今日、特殊性やアイデンティティは、まったく還元不能で確固たるものでありながら、何よりもまず翻訳性を帯びている。

　こうした思想の場は、絶えず、反対の立場のものどもの場所をずらす。そこから直観されたものどもが伝播し、ことば《ランガージュ》がふたたび湧き出す。

〈関係〉の詩学はすべての言語に魅了されている。それはどんなに奥地に潜む言語も見逃さない。無言で発せられる言語であろうと、ただ残響だけが伝わる言語であろうと。

継続するが自己反復はしない帝国

さまざまな帝国の歴史から理解され、推察されるように、帝国は人間の移動の二種類の法則に従っている。ひとつは直線的な支配や侵略をもたらす、放たれた矢のノマディスムであり、もうひとつは囲われた環境のなかで社会の存続を維持しようとする、巡回的ノマディスムである。これらふたつの可変的モデルにしたがって、二種類の帝国が存在した。ひとつは拡張し征服するタイプであり、自らの国境に決して満足しない。もうひとつは内側に閉じこもるタイプであり、未知の外の世界からまず自分を守ろうとする。なぜなら、こちらは自らの内部の拡散に抵抗して形成されたからである。

モンゴルやアラブの帝国、そして何よりもまずローマ帝国は第一のタイプであり、かつての中国の帝国や明治以前の日本は、他者、とりわけ西洋との接触を拒みさえした〔第二のタイプである〕。あえて言えば、万里の長城は、モンゴルからやってくる遊牧民を防ぐというよりも、世界の眩暈から身を守るために建設されたのだ。ほぼ同じ時代、沿岸地方では、外海に出ることが可能な大きな船の建造が中国の皇帝によって制限されていた。日本は、アメリカ合衆国帝国がかつてそうでありまた現在でもそうであるように、隣接地域への拡張と鎖国とが交替する帝国であった。経済支配と搾取はあらゆる帝国の基盤であるが、そう言っただけでは歴史のなかで変貌する帝国の姿を明るみに出すのに十分ではない。

既知の世界のなかに征服し支配するただひとつの帝国を想定してみるのは、さほど目新しいことではない。そうした実例は数多く示されてきた。だがこれまで前例がないのは、帝国の支配が、全体‐世界という、境界の定かならぬ、既知の世界とこれまで呼ばれてきたものの新しい枠組みに及ぶという事態である。その権力の普遍性に対して私たちがいかなる抵抗を考えようとも、それは防ぎようがない。

帝国は永遠ではなくいつの日か崩壊するという、過去が証明するありきたりの事実は、（支配された臣民にとっては）当の帝国が滅びてはじめて実感される。あらゆる帝国は、そもそも自分は永遠であると信じ込んでいる。さもなければ地上全体に拡大しようとするエネルギーなど生まれるわけがない。もののはずみで、熟慮を欠いたまま組織された帝国、たとえば突然のアメリカ征服《コンキスタ》によって成立したスペイン帝国（カトリックの信仰厚いスペイン王たちは、その冒険に身を投じることをためらったかもしれない。なぜなら彼らはまさしく、それがイベリア半島の失地回復運動《レコンキスタ》、ユダヤ人とアラブ人の追放、言語の文法整備、王国再統一などの危急の事業を危うくすることになるのではないかと恐れたからだ）、そうした帝国は歴史のなかで脆弱な存在である。スペイン帝国はインディアスの黄金を情け容赦なく略奪しつくしたが、自らを前資本主義帝国と考えることはなく、どこまでも純粋なスペイン的存在であると考えていた。

あらゆる帝国にはふたつの行動様式がある。拡張しようとする帝国は、征服《マッス》という矢の動き（沈滞したままでいることはできないから）をとる。物理的にも精神的にも自らの土地と国境を無傷で維持しようとする帝国は、生き残るためのノマディスムとしての巡回的行動、あるいは失地回復運動をとる。このふたつの力学は重なり合うことはない。両方とも軍隊は必要不可欠だが、最初の場合、軍事力は持続的でつねに革新的であることが求められる一方、二番目の場合、そうした強い要請がないため、往々にして老朽化したままとなる。

合衆国やその他の国が世界に覇権を確立するとき、彼らは、世界の至るところで、放たれた矢のように行動する必要に迫られるだろう。なぜなら全体化されグローバル化された既知の世界には、不明瞭なほころびが見つかるからである。彼らはまた、巡回的に行動する必要にも迫られる。なぜなら彼らの帝国の国境は、全体化された世界の境界線であり、帝国は、帝国の外部にある敵に対してではなく、帝国内部の群衆に対してその境界線を守らなければならないからである。

最初の行動は経済－軍事的秩序のなかで、二番目の行動は経済－政治的要請にしたがって準備される。それらは代わる代わる実行されるが、決して混同されることはない。だから、合衆国のような世界帝国の現実の姿は、周囲の世界との結びつきが問題となるとき、自閉（保護貿易、核の傘あるいは盾）と世界征服（この国の「使命」、そして先買的行為）とのあいだで揺れ動くのだ。

実のところ三つの失地回復運動が合衆国の「内側の」歴史をしるしつづけている。まず、創設の運動がイギリス人に対抗して生み出された。新しい国の理想は、当初から、すべての土地が正統的に国家に属するものとみなし、大西洋と太平洋を結ぶという使命を担っていた。次に、インディアン、遥かな西部の無限の空間、そしてメキシコ人への圧力だが、それらは征服《コンキスタ》（放たれた矢のノマディスム）であると同時に失地回復運動《レコンキスタ》（インディアンの追放ないし根絶と、領土をあますところなく巡回するノマディスム）であった。三つ目の失地回復運動は、〈南〉の分離独立を掲げる州を標的とするものであった。征服と失地回復との曖昧で両義的な区別が、帝国主義の欲望を満たしてなお残る征服欲の本質的特徴でなかったとは言い切れないだろう。その征服欲は「中央アメリカと南アメリカは私たちに所属しており、太平洋は誰のものでもない」といった発言を生む。

つぎのような強力な帝国を想像することはたやすいだろう。すなわち、〈財団〉という、得体の知れぬグループに牛耳られる帝国である。〈財団〉とは途方もない金融経済力をもつ（多国籍の）秘密同盟に他ならない。表向きには保護的だが実は搾取的であり、帝国の内部にあると同時に外部にある。そうした帝国は、全体‐世界と勘違いされるため、至るところにその境界線が引かれるようにみえるし、あるいはまた、もはや境界線を拡張したり防衛したりするような場所ではないため、境界線などどこにも存在しないようにもみえる。一方、平和的な使命と普遍的で全員一致の運営機構をもつ奇妙な世界帝国を想像することは遥かに難しいだろう。保護的搾取といった特徴が不条理なまでに推し進められ、ついには内的にも外的にも境界線の問題が消失する。これこそあらゆる帝国が抱く至高の夢であろう。だがこの帝国は、全体‐世界から生じ、全体‐世界によって支えられている多様なものどもをいっせいに殺菌消毒したあとではじめて建立される。その殺菌消毒は人類を徹底的に縮減せずにはおかない。その結果、帝国は空虚な組織、機械的な干潟、狂った蜂の巣になり果て、自らを維持するために掲げた建前の理想すら下ろさざるを得なくなるだろう。

とりわけ注意を払うべき問題は、帝国の無意識である。いわゆる世界規模の帝国、たとえばアレクサンダー大王の帝国やローマ人の帝国は、みずからが既知のすべての世界を覆うものであると主張していたにもかかわらず、境界線の彼方に未知なるものや人間世界の外部を語る神話や伝説を夢想していた。今日の世界帝国には、そうした無意識はないであろう。この世界のなかに未知なるものは存在しないという感覚を抱いているがゆえに、絶対的でありまた不確定な世界の広がりを知ろうとする欲望も、その欲望にふりまわされることもないだろう。今日の世界帝国には、危機の際の侵攻は別にして、もはや移動への欲望はない。その無意識は、まったく無知のまま世界を単純に管理し、受容するが、世界を目にしようと出かけることはしない。そうした帝国によって建設されるきらびやかな首都は、訪れるすべての人に開かれているが、世界についてのいかなる真実の観念に対して身を閉ざすだろう。

二〇世紀半ばまで存続したイギリスやフランスの植民地帝国は、〈全‐世界〉の多様性に直面した最初の帝国であり、それらの行動によって〈全‐世界〉の多様性は顕在化した。教科書で指摘されるとおり、それらの帝国は自らの内側に乗り越え難い矛盾の芽を抱え込んだ。個別主義の勝利が想定するものと結局は相容れない全体性の繋がりを強化してしまったのだ。ローマやイスラムの帝国が、多様なものどもを混ぜ合わせて巧みに統合していたことが思い起こされるかもしれないが、それは〈全‐世界〉ではない既知の世界のなかで行われたことであった。全体‐世界が完全にあらわれた状況下で最初に（流産してしまったかつてのソビエト帝国の試みとともに）名乗りを上げたのは合衆国帝国であろう。この帝国は、かつての、あるいはひそかに維持されてきた植民地帝国をそのまま引き継いだ。アメリカ合衆国は並みいる帝国列強と張り合い、自らの領土にくわえて、たとえばベトナムやハイチやコート・ジボワールにおいてフランスに、中東において英国に、太平洋においてポルトガルとオランダに、また早い時期からアメリカスのほぼ全域でスペインに取って代わろうとして、ほぼそれを達成した。ところが今日になって、合衆国は全体‐世界を経験した。そして突然、強固な国民‐国家の殻に閉じこもることにも、利益を度外視して唯一の確実な〈普遍〉たらんとするいささか疑わしい使命を帯びた〈帝国〉として自己拡張することにも、二の足を踏んでいる。

既知の世界を正確にこの全体‐世界へと接続しようとするこれまでにない展望に立つとき、移住という名で何気なく呼ばれる人間の移動の新しい流れが見定められる。ときに悲惨でときに違法な人の流れは、一度ならぬ植民地化によって痛めつけられ、故郷の社会から引き離された民衆が生き延びるために生じるのだが、それは矢を放つことでも巡回するノマディスムでもない。移動が落ち着く先は、かつての帝国植民者たちが築いた中心部やその周辺地域である。それらは相次ぐ移住によって形成された土地であり、未来の世界帝国の選ばれた特別の場所であり、アメリカン・ドリームという言葉の内実である。

自由で途方もないスケールを誇るように見えるアメリカ合衆国の現実は、世界中のエリートや一文無しの幻想や憧れを激しくかきたてる。合衆国を遠くから眺めるとき、誰もがぼんやりとその民に「参入する」ことを願い、〈遥かなる西部〉や目には目をという掟から受け継がれた驚くべき暴力を受け入れようとする。それは古代ローマの二級市民の特権を得るよりも簡単だろうと算段する。あらゆる信条の徹底的であからさまな自由、一攫千金を得て知らん顔を決め込もうとする絶えざる願望、妄想（それはおそらく現実から離れようとしない）、外見、技術、器用さの過剰な拡張。そこから、抜きん出たもの、たとえば映画スターが職業柄保っている容姿の美しさなどに動じない態度が生まれる。誰にもその美しさを獲得する可能性があるのだから。一方、そもそもドルのないところに徳と美はないという強固な掟がある。ドルは才能と成功のただ一つの指数、ただ一つの真の民主的な基準である。こういったものが、移民の波を勢いづかせる規則であり、幻想である。

　この未来の世界帝国の特徴は、紋切り型の言い方を繰り返せば、征服しようとする領土が世界規模農業や石油などの原材料の市場、金融の流れ、公債や負債や利子の操作のように目に見えぬものであり、遠近を問わずあらゆる場所を大胆に探査して宇宙にまではっきりした新しいフロンティアを切り開き、技術的優位を目指す、といった点にある。そのためには、有益な「高級」移民を承認することが求められる。彼らは、祖国ではなく彼らを受け入れる官僚や技術者や科学者、そして何より合衆国にとって有益な移民である。時に大群をなす人口の移動は、世界の希望なき諸地域に打撃を与える。それは近隣の人々がそっくり移動する事態であり、何人が移動したのか、誰が移動したのかが把握できない場合もある。ここでまた紋切り型の説明をつけ加えれば、帝国のかつての中心地、すなわち概してヨーロッパの国々はもはや、以前の移民より役に立たない「低級」移民たちの流入を防ぐことはできないが、少なくとも今日までのところ、そうした動きがアメリカ合衆国に深刻な問題を引き起こすには至っていない。

　世界支配が目論まれるとき、〈全‐世界〉は、まさにそれ自体が帝国の絶対性の唯一の尺度、永遠性なき一般性を示す尺度となるだろう。というのもこの帝国はそもそも既知の世界の征服など目指さないからだ。しかし同時に、〈全‐世界〉は、帝国から身を守る唯一の防御力でもある。というのも〈全‐世界〉にあらわれる多様性と全体性によって、帝国が示す矢の動きと巡回の動き、拡張と防衛、獲得と維持とがごたまぜになり、永遠の征服《コンキスタ》と永遠の失地回復《レコンキスタ》運動が混ざりあい、帝国自らがつくりだした概念が混乱と混濁にさらされるからである。（たとえば、帝国市民とはいったい何であり、誰のことなのか？　また彼らには、実際に存在する他の市民以上に市民の権利が認められているのか？）

西洋的欲望の源泉において、ホメロスの詩篇はすでにこうしたふたつの場所移動、すなわちトロイへの矢の発射と地中海を巡る彷徨を表明していたが、ふたつの道行の成就がいかにひとつに結びついていたにせよ、それらが混同されることはなかった。とはいえ、トロイに対する勝利は逃走生活のきっかけとなり、イタケー島への帰還を迎えるのは死にかけた老いぼれ犬一匹である。(6) 矢の攻撃は正統性の回復をもたらすことがなく、巡回する彷徨はあいまいな終止符を打たれるのだ。ホメロスの二番目の叙事詩には、それ以前あるいはそれ以後の帝国の無意識にしつこくつきまとった、恐ろしい生き物や場所が無数に現れる。ただしオデュッセウスはそれらすべてに打ち勝ち、最後にはそれらの正体を見極める。だが、たとえ『イリアス』がギリシャ的アイデンティティを補強する叙事詩であり、『オデュッセイア』がそのアイデンティティと不可分の知恵とサバイバルの歌であるにせよ、二編の詩は何よりもまず、反-帝国的で反-理性的な〈海〉、すなわち、ときに怒り狂い、ときに毅然としたゼウスに立ち向かうポセイドンについて熟考している。海神ポセイドンは、執拗な大波と風をもって(風神アイオロスはポセイドンの味方であり、ときには下僕である)、巧みな征服と英知の決断を吹き飛ばすのである。誕生し、勝利し、時の水平線上に輪郭をあらわしたばかりの〈帝国〉は、海につまずき(英国はとりわけ目を引く例外であり、またヴェネチアはとこしえに海と結ばれようとしたが)、海の底深く沈み永遠の幻想となる。

オデュッセウスのこうしたふたつの旅のあと、ヘロドトス(7)がふたたび未知の世界との境界まで周囲の諸民族を訪ねる大旅行、すなわち周回する旅を敢行し、そこに生きる民衆について記述したが、それらの民はダレイオス大王(8)やクセルクセス(9)によって招集され、ギリシャへとまっすぐに派兵された。そのときペルシャの王たちも、同じように海に苦しめられた。

さらに時を下って一七世紀から一八世紀にかけて、もうひとつの世界において、アフリカの君主たちは西洋の圧力と避けがたく衝突した。彼らには海が何であるのかを考える時間がなかった。海は、彼らにとって別の世界を隔てて口を開く恐ろしい深淵に他ならなかった。ズールー族の国のシャカのごとき英雄たちは、始まろうとしていた〈全－世界〉の時代ではもはや不可能な、アレクサンダー大王やチンギス・ハンの古びたスタイルを真似ただけの亡霊－帝国を建設しようとして力尽きた。シャカは〈征服者〉の鏡像そのものだった。王の私生児は戦の天才であり、闇の聖なる軍隊に参加し、家系の解決しがたい問題を抱え、つよい絆でむすばれていた母を何のためらいもなく犠牲にし、自らの民の栄光に執着する一方で彼らを残酷に迫害し殺害した。しかし海はすでに武装した軍艦と英国の冷徹な行政官を連れて来ていた。行政官らはシャカの家族に、カリグラ[10]の再来のごときシャカと縁を切るように仕向けた。

誰もが知るとおりアフリカは現代世界の恥辱のひとつであるが、今日、多くの土地や大陸が、奴隷貿易やさまざまな植民地化を被ったアフリカ的状況にあり、略奪、飢餓、果てしない虐殺、忌まわしき焼畑、とびまわる蠅、わずかな食糧、骸骨のようにやせ細った子供、救いようのない衰退に苦しんでいる。この状況は、かつての、あるいは最近の放たれた矢の侵略、つまりは植民地化のもたらしたものであることを私たちは忘却している。それは巡回的な彷徨によって緩和されたり改善されたりすることがない。いかなる大陸にあっても、人口の移動は生き延びるためのノマディスムからではなく、全面化した恐怖から引き起こされている。

声をあげよう。衝突の恐怖のさなかに、その向こうに、もっとも粘り強い抵抗とは必ずしも軍事的な性質を帯びるものではなく、武装すらも必要ないということを、世界のあちこちで諸民族が実証しつつあるのだ、と。声をあげよう。世界に散らばる国々が、抵抗とは必ずしも反‐帝国の体制に支えられるものではなく、帝国という観念自体の拒否を少しずつ強めつつあるのだ、と。文化的な想像界がそこに賭けられている。

ソニア・ガンディ女史(11)が率いる党は選挙で勝利をおさめたものの、女史はインドの首相となることを辞退する。ラジャフ・ガンディの未亡人であり、イタリア出身だからである。インド国民の多くはラブ・コールを送ってくれるが、ヒンドゥー・ナショナリストたちは絶対に彼女に賛同しない。そこで純粋なインド人のマンモハン・シン氏(12)を指名し、立候補させる。少数派のシーク教徒である彼が、イスラム教徒での共和国大統領(13)のまえで宣誓する。解けがたいものの力。この立候補者が「二一世紀はインドの世紀となるだろう」と宣言するとき、そのナショナリズムには、私的レベルであれ社会的レベルであれ、単一性、血筋、正統性、多様性、混交といったものが解けがたく同居している。

しかしインド、ブラジル、メキシコは、ナショナリズムの狂気が吹き荒れているばかりではなく、反‐帝国をかかげる国でもある。彼らは自分たちの利益のために、支配の普遍を現実化しようとする絶対的欲望も、具体的方策も持たない。それどころか、そうした普遍に抵抗することもある。チベット侵攻や「黄禍」という四方にひろがる強迫観念にもかかわらず、中国にもおそらくまたそういうところがある。ひとつになろうとするヨーロッパはもはや、かつての植民地帝国の残余や反響を利用してさらなる地球規模の究極的組織をつくることも、反‐アメリカ組織という展望に立つことに甘んじることもないだろう。ヨーロッパの豊かさの一面は、アメリカ合衆国よりもすばやく、活気あふれるその諸地域が群島化するところにある。群島的帝国など存続できないだろうし、どんな帝国もリゾームではあり得ないだろう（おそらくカルタゴの通商帝国はその最古の例外と言えようか。もっともカルタゴは長きにわたり、首都というよりも貿易の集約拠点だったのだが）。絶対的帝国は、どこからでも見える、確実な中心であり唯一根である首都、周囲一帯を連邦化し、帝国の中枢部以外のあらゆる場所を付随物として倦怠のなかに突き落とす首都なしには存在できないだろう。だがそれとは正反対のヴィジョンもまた、私たちにとって強固なものになっている。すなわち、今日、全体‐世界と呼ばれるものである。全体‐世界は、私たちが語っているこの想像界を名指し、それに生気をあたえる。この想像界にとって、首都も中心地も重要なものではない。ニューヨークもブリュッセルも北京も、選ばれた場所とはならない。

国民国家という世界を荒廃させる原理の繁栄は、かつて冷血漢たちがつくり出した苛酷な現実と同じようなものであった。ヨーロッパを荒廃させ、恐喝し、略奪し、フランスを疲弊の極みに陥れたナポレオン一世の〈国民‐国家‐帝国〉は、ヨーロッパの建設という新しく強力な理念を掲げ、〈国民〉という考案された統一体のうちに王党派と共和派との激しい対立を和解させようとした。その〈国民‐国家‐帝国〉は政治、法、芸術、教育、建築、科学、軍事戦略、そして文学といった領域に記念碑的成果をしるし、ロマン派の芸術家たちの熱烈なノスタルジーを掻き立てた。つまり〈国民国家〉は、帝国を目指そうとするときにも幻想と現実を対立させることはない。しかし今日の世界帝国はそうした特徴をまったくとどめていない。それはまさに、帝国の行動の地平が〈全‐世界〉だからである。つまり今日の帝国には、対決すべき外部の敵（ナポレオンに対立するヨーロッパ諸国、帝国に対立する君主ら）は存在しない。帝国は敵を無秩序につくりだしてしまうのだ。はっきりと名指すことのできる敵の大集団が不在である状況では、今日の合衆国が遭遇しているように強力な軍隊や対抗する強い〈国民国家〉のかたちをとらない敵のテロリズムに対して、細分化されいわば個別的に対応する密かなテロリズムという武器や手段を用いて立ち向かうことを余儀なくされる。また、いつ現れるとも知れず正確に名指すこともできぬ敵対者を粉砕し武装解除させるために、ただやみくもに軍備を増強し、有益な軍事産業を限りなく発展させなければならない。そして、帝国の中にいる敵対者については、彼らが台頭せぬように遠まわしに管理し、奴隷にすることはできない以上、お客様として監視し、いかなる栄光への情熱も、歴史に足跡をしるす無用で美しいものや有用で壮麗なものの精力的な作り手にならんとする文明化への要求も、暗黙の裡に闇に葬る必要がある。世界全体のなかに築かれる世界帝国は、つねに脅かされる束の間の力の発露に過ぎないと言えるだろう。どんな脅威も長続きはせず、それが生み出すものといえば、一時的でいつでもすげ替えの効くまがいものであり、ただのこけおどしである。みずからを正当化し、みずからの不正や残虐行為を美化し隠蔽する帝国の幻想。その歴史がいかにはかないものであるにせよ、なにがしかの進歩をしるす確固たる現実として作動しているかのように見せかける帝国の幻想。その幻想はまさに国境の彼方を必要とする。帝国を取り巻く災いの元凶をそこに示そうとするのだ。

かくも弱体化した帝国の危機に備えるために、ひそかに、だがはっきりと求められるのは、宗教的信条の激情と暴力のうえに帝国を据えようとする試みである。帝国の主は神であるか、神に仕える者である。イラクにおける合衆国〈同盟〉がそもそもアングロ・サクソン系白人のプロテスタント教徒〔WASP〕に牛耳られる国々のつながりによって成り立っている事実をここで指摘することは、あながち的はずれではない。合衆国、英国、オーストラリアの同盟は、プロテスタント的教義を原理として強化されたが、それはたとえば英国左派の一部を不快にさせることはなかった。さらに、その〈同盟〉は、同国のカトリック上層部からも援護され、現在伝統的保守主義に立つスペイン、イタリア、ポーランドなどのカトリック的使命を帯びる政府からも支持された。こうした宗教的要因が暗黙のうちに押し出されているにもかかわらず、私たちは文明どうしの衝突を考えようとしない。じつのところ、つねに水面下に潜む経済的利害という問題のかたわらに、隣り合って併存する文化間の対立がある。それは一神教という同じ根元から派生した対立である。アブラハムの子孫たちは共同の遺産を清算しているのだ。〈同盟〉が帯びる、プロテスタント、カトリック、ギリシャ正教を結びつける教会一致運動的性格は、そこに現れた宗教的土台を絶対的なものとして強化することはないだろう。教会一致運動は、いかにパルチザン的性格を示そうとも、結局は分裂し、いかに決然と攻撃的な宗教的理由が優先される局面であっても、拡散する運命にある。

〈全-世界〉と〈全-帝国〉は、構造においても機能においても、対立しあうさまざまな現実と潜在的な力が寄り集まったものであり、共有-場=紋切り型を用いずには、そこにある知や行動の原理を引き出すことは難しい。

また、この世のさまざまな権力にとって、可能な巡回的行動は存在しないだろう。もはやいかなる中心も考えられないからである。そして、正当化される、あるいはまったく効率のよい矢の発射も、もはや存在しない。なぜなら確固たるものとして決定された帝国の境界線などないからである。あらゆる世界帝国は、土地、大陸、島、群島を一括りにし、それを海と等価のものとみなし混同する。前者は滞留する場所であり、後者は通過の場所である。多様なるものを削除するこうした帝国の不分明さのなかでは、陸は拒絶し海はただちに蜂起するだろうと詩人たちは予言する。

こうしたことは、単に社会的真実、あるいは歴史的特徴であるばかりではなく、ひとつの詩学、私はそれをあらゆる人々が同意するひとつの実践と呼びたいのだが、そうした詩学から引き出される、ただひとつの揺れる真実、すなわち、世界性の真実である。

〈帝国〉か、あるいは〈全‐世界〉か。天秤が私たちの眼の前で揺れている。

コミュニケーション不全

ある国のとある週刊誌に発表された論説を私は読んだ。雑誌の名は『アンティーヤ』であり、二〇〇四年四月二一日の日付で、その国とはマルティニク、記事のジャーナリストはアンリ・ピエ(14)である。許可を得てはいないが、その肉となる部分をこの記事から削ぎ落とし、その主だった主張だけを取り出してみたい。

「今日の国際情勢を一語で要約するなら、『殺せ』、ないしは『殺す』という言葉になるだろう」

「事態が新たな段階に入ったということではない。世界が世界となって以来、人は無造作に隣人を殺すようになったのだから……」

「だがさらに驚くべきは、文明国と呼ぶつもりはないが、諸大国ないしは既存の諸国家が、すでにさらなる一歩を踏み越える決断を選択したのではないか……」

「凝った言い回しなど使わずとも、今日では既に『暗殺』がプログラムに組み込まれている……」

「〈歴史〉は人間の血でもって書かれるのみならず、これからは、執行の前に公然と放たれる、容赦のない言葉でもって書かれるのだ……」

私は、このジャーナリストが記事で非難していることは紹介しなかった。二〇〇一年九月一一日のテロや、世界中に広がる自爆テロ、イスラエル国防軍《ツァハル》による掃討作戦、イスラエルやパレスチナの人々の苦しみ、イラク戦争での大規模破壊や無数の死者といったことである。さらに言っておけば、論説が対象としているものでもなければ、アンリ・ピエ氏が指摘しているような、これから行われる殺害についての政府の予告の詳細でもないし、野蛮極まりない、常軌を逸した移動の数々でもない。これらのことを繰り返しここで暴いても意味はなかろう。これら時事レベルでは、私たちはみな一様に情報を与えられているし、検閲を敷く側が少なくとも長期的規模において、かつ至るところで、事実やその意図を隠そうとしてもますます困難にぶち当たっているのも事実だろう。

私が思うに、世界中で何千という人々が――そのくらいの規模だろうと、ここで想定するなら――同じ方法で、ほぼ同じ日に、同じ調子ではないにせよ少なくとも同じ憤慨を抱きながら、この同じ主題についてものを書いているのである。この同時性をここでは共有‐場と呼ぼう、すなわち世界の思想が世界の思想と出会う、その場所のことだ。コミュニケーションそのものが問題なのではなく、〈関係〉の中で生じる収束や照応一致こそが重要なのである。

おどろくべきことに、これら数千の出会いのうち、まったく恣意的ながら私の想定では、互いに出会いを見出すのは数百だろう。その程度の数が互いに同じ出所や同じ着想にあることを見て取るのだろう。組織化されていようがいまいが、情報の伝搬はそれ自体力を持っていても、結びつきを作って、それを保つには無力に見えるのである。私たちは至る所で言葉を発するが、耳を傾けるのは今いる場所でのみである。この点にこそ「コミュニケーション不全《アンコミュニカシオン》」が潜んでいる。「コミュニケーション不全」、それは大部分の人々が強いられているような、恐ろしいまでに情報が欠如した状態のことを指すだけではなく、どの程度他人が私の知っていることを知り、また私の感じているものを感じているのか、これを想定することが出来ないというその不可能な状態を指すのだ。世界中さまざまに異なる場所で大規模なデモが、同じ日の、前もって予定された同じ時間に起こっても、効果を生まないし、意見の一致がそこにあると誰もが感じながらそれが保たれずに終わってしまうのである。

この雑誌の記事を出発点にしてここで私が議論していることは、別の類の数多くの情報についても言えることだと考えられよう。つまり、もしその可能性があるとすれば、驚くべき数の情報が繰り返されまた一つに収斂していくのをここあちらで目の当たりにするだろう。数多くの反復や言い換えであるだろう。しかし、見解やデータ、情報や反応といったものが互いに出会っていることへの私たちの認識、その持続的な意識の方はお粗末に終わる恐れがある。

世論なるものは、その定義からして〈全‐世界〉においては実に不安定であり、さまざまな共有‐場が持つ力は、それを繋いでいくのは私たちなのだということに無知であるために溶け去っていくように思われ、また「既存の諸国家」は事実そのものを重視し、出来事の方はほぼ知られないようにする。その谺は砕けて泡になってほしいのである。泡なら誰も捕えられないのだから。

詩の思想は、この泡を再動員させるのである。

オン・ライン上で逸脱する言葉

私たちは、コミュニケーションの技術を一つとりあげているが、コミュニケーションの流れ、強度、方向性、可変性といったものを別々に切り離して考察することはできない。また、世界のいかなる地域あるいは人びとがコミュニケーション技術の革新の恩恵にあずかっているかどうかを検証することは、ほぼ不可能であろう。この技術について考えるために、広範な分析を行う学問によってなされる補強を期待しつつも、共有‐場の形式を取る直感の方に信頼を寄せるのである。直感とは、蒸すような森の熱気の中で、私たちを押し進めてくれる水の本能のようなものである。

接触

コミュニケーションの量が増大したことで、今度は新たな欲求が生まれてきた。無論それは、交換と接触への欲求である。かつてはこの欲求が航海や征服といったものへと人を突き動かし、また正当化するという隠れた影響力を及ぼしてきたのである。

しかしこの接触の欲求とは、実際にはより根底的な別の欲求、すなわち個人、集団、共同体といった主体性を補強しようという欲求に答えるものであった。コミュニケーションという企てがもつ客観性とは見かけ上のものに過ぎず、主体性の欲求が強固となるための隠れ蓑になっているのである。主体性が満たされたと感じると、今度は漠とした、底知れぬ別のなにかが増幅していく。すなわち、快の感覚への欲求が一般化し、それとは名指されぬまま純粋かつ容易に広がっていくのである。これは快楽それ自体のことではないが、それに類似したものである。快の感覚は、それが直接現れる領域から離れると、技術、正確な観察、あるいは華麗さの演出といった人畜無害な客観性のカムフラージュを施され、共有されるべきものとして丸投げされる。これこそ、富める民の最高の贅沢と特権であろう。

持たざる民は、たとえ技術のもたらす影響を完全に被っているにせよ、精度の高い技術を掌握することができない。そのため彼らは、快の探求の露骨なまでの波にさらわれるか、あるいはその反対に、群れをなす苦難の止め処ない氾濫へと晒されている。いずれにしても、退行的プリミティヴィズムとして現れる無媒介性へと陥るほかなく、この無媒介性こそ、世界の強者たちによって用意周到に維持されている後進性の結果なのである。

コミュニケーション技術の最も隠された特権とは、伝達するという行為自体を現代の人類のある一部に対して禁じているということである。コミュニケーションをめぐる支配力とは、コミュニケーション不全の領域が拡大されることなくしては成り立ちえない。この領域に住まう民、それは何も知らない者たち、そして、誰も知りたいとは思わぬ者たちである。彼らは不在と不可視のカテゴリーに属する者たちであり、未知と無知の餌食となっている。

しかし、抵抗はまさにそこから始まる。その抵抗はもはや神経症的な反応ではない。技術の制御は、過剰な経済成長や容赦ないネットワークのみによっていつまでも行われるものではない。行動と分配の新しいシステムがひっそりと生まれ、増殖していくのだから。世界の美は、このことと関連している。こうした流れを以下のように要約してみたい。共有されるもの、それは世界の支配者によって統御されるマクロ・コミュニケーション（例えば経済情報や経済監視といった、ぞっとするような隠れた武器）であり、それに対して抵抗するのが、持たざる者たちが密かに謀るミクロな多様性である。

花々がブーケとなるまでに育つのは稀であっても、根をむき出しに伸ばして生き延びる花に出くわすことはあるのだから。

情報

情報は、その遠隔性と同時性の両方に重きを置いている。世界のどこかで起こった出来事を身近なものにし、そして過ぎ去ったことを来るべきものへと変換してしまうスナップ写真へと、その出来事を差し出してしまう。ここに、私たちが劇的なまでに確認できる真理がある。往々にして科学的研究の中でも、また日々のテレビやラジオのニュースの中でも、あるいは芸術作品の創造過程において芸術が現実を文字どおりに複製しようとするときですら、戯画的にある真理が見出せる。すなわち、ヴィクトル・セガレンが述べた次のような真理である。「太陽は内部にあり、瞬間は永遠なのである」。情報のカオスが狙いを定めるもの、情報がとにもかくにも生み出そうとしているもの、それは目も眩むばかりに不安定な状況の中で試行錯誤を繰り返す永遠化の企てに他ならない。

膨大な数のデータがこのような目まぐるしい渦をなしている中で、多くの信号の解釈からある体系を導き出すことはまず難しく、あるとしてもそれは記号の非‐体系的で乱雑なシステムであろう。データ・ベースの集積からもたらされる明証性とは、詩学や詩的言語といった領域で取られる同じ手順（蓄積すること）がもたらす啓示的な力に匹敵するものではないだろう。直接的であれ偶発的であれ、システムであれ非‐システムであれ、情報自体は〈認識〉をめぐる理論を伝えてくれることはない。

〈認識〉

つまりコミュニケーションとは、宇宙の姿にならって仮定しうるならば、それは無限に巨大なものから無限に極小なものへの、またその逆方向への、その向きを辿る一つのゲームなのであり、それゆえにコミュニケーションとは、それ自体の全体性の中で実現可能な（認識可能な）ものではないということだ。誰もその境界を見定めることは出来ないし、いかなるＩＣチップですら、根源的な〈最小構成要素〉とはなりえない。

このような複雑性があることで、コミュニケーションという地球規模のゲームの解読のみならず、コミュニケーションが生じるそれぞれ特異な領域の分析もまた、困難なものとなる。その結果、例えば世界の〈北〉と〈南〉の間で情報技術の共有を妨げること、つまりは統制することが、ほとんど容易になっているのだ。世界の〈北〉の地域による〈南〉の地域からの経済的搾取ということだけでは、こうした深刻な状況を説明しえないのである。

では、コミュニケーションの多様なシステムに代替的な展望を滑り込ませることは可能だろうか。〈認識〉の共有を滞らすことは、いずれにしても不可能である。〈認識〉とは、コミュニケーションすべてのコーパスを掌握することによって成り立つものではない。〈認識〉の理論とは、まさに技術が把握できない部分を捉え、全体性（あるいはプロセス）への洞察、相関性を見抜く予感、反復が持つ力への直観、そして〈関係〉の詩学による予見といったものを付け加えてくれる。これらは、持てる者持たざる者を問わず、私たち皆に備わっている力である。こうした〈認識〉の理論は決して慰めなどではなく、エネルギーを喚起してくれるものなのである。

〈予見〉

予見が機能するとき、毎日の天気の予測を立てるために統計的様相を示すこともあれば、現実に適応されるモデルを描くために「最終的」局面——地球の不可避的な温暖化や、その他多数の破局のシナリオ——を示すこともあるが、予見とは、コミュニケーションの苦悶する性質の中にある。データの蓄積はその活用を促し（統計は帰納的科学となる）、大陸的思想の古き夢をよみがえらせる。さまざまな計画に保証を与えるという夢である。

予見という未来の呼び起こしは、過去を回復するということにも綿密に対応している。投影される未来と同じように、解剖される過去においても、データが同じように蓄積されることによって、はっきりした原因の連鎖と際立った結果の連鎖とが結びつけられる。

しかし原因から結果への関係が入れ子構造に陥っている現在、〈歴史〉が生成‐世界をめぐる可能な（しかし危機に瀕した）科学の一つとして大胆にも捉えられるようになったその瞬間から、〈歴史〉の不確実性は、魅惑に満ち、人びとを惹きつけている――もっとも生成‐世界という語は既にオプティミズムで満ちているが。

帝国が「可能なもの」として保持しているものは、今なお、予見の力と結びついている。しばしば引用されるアイザック・アシモフの『ファウンデーション』[15]が、その完璧な例を想像界の次元で示している。この予見の力がもたらす最も今日的でかつ最も恐るべき姿こそが、合衆国政府の先制攻撃実施のドクトリンである。

アーカイヴ

データの蓄積、すなわちアーカイヴの構築、この行為についてここで言及すべきなのは、この行為が大陸的思想のまた別の古き夢へとひそかに結びついているからだ。その夢とは、系譜への欲望である。

科学的手法へと向かうアーカイヴ。それは一見すると系譜を保証するもののようには見えない。すなわちひと連なりの正統性を暗にであれ描き出すものではないようにも思われる。しかしアーカイヴは、散逸したデータをある一点に集める。肖像の論理、例えば個人、家族、共同体といったものの姿に従わせて、データをまとめていくのだ。その描写の全貌を描き出すことこそが、系譜学者と記録保管者が集結する場所となり、彼ら自身がその系譜の推定上の産みの親となるのである。

しかし、書かれたものないしは文書によるアーカイヴと、口承されるアーカイヴとを分けて捉えてみるとよい。前者の場合その資料は永続化への断固たる意志に由来するが、後者はえてして集団的直感の表現であり、永続性への欲求が優勢になることはない。

効率性

人間の身の周りが絶えず技術化され、コンピュータ化、遠隔操作、メール送信、インターネット化、ロボット化、電子化、デジタル化がどんどん進行し、認識よりも科学が進むべき方向をリードしているこの世界において、創造するものは誰で消費するのは誰か、創造しているのは誰で消費していると思っているのは誰か、創造と消費とは何か、それらは本当に背反するものか否か、また同じ一つの分野に斬新なものと旧弊なものとが今日なお存在しているのか否か、私たちはこれらの対立項を漠然と見当をつけることができても明確にすることはできないのである。私たちは無分別に、いわば際限なく突き進んでいるが、私たちの最も有利な点は、いつ何時でもそのことを知っているというところにある。接触の欲求と快く感じる気持ちはすっかり広まってしまい、今述べたような未知の中にあっても、別に困りはしないのである。

「現代の作品では何がお気に入りですか?」という質問には、ウィリアム・フォークナーの『アブサロム、アブサロム!』、アンドレ・ドーテル『悲しみの村』、あるいはマッタの『エロスのめまい』と答えるよりも、とまどいながらも次のように言ってみたい。「長続きしない刊行物の中の言葉の切れ端、電子メールに乗って運ばれてきては消えゆく谺、ありそうもない所に降る雪の上に不意に現れる太鼓の音、草木の育たぬ砂漠に埋もれた詩の名残、悲しげな街角に響く気の利いた噂話、話が想像できて読むまでもなさそうな本のタイトル」、これらが予見不可能で置き換え不可能な一つのテクストやオブジェとして、合わさり、集まってくるのだ。芸術においてもまた文学においても、作品はバラバラに散逸し、ある空間を占め、身を落ち着ける。時間に潜む表象できない不安を埋めようとするために。芸術における伝達可能なものと表象可能なものの散乱と拡散（取りとめのないものの特徴である）が、コミュニケーションの空間の中へと私たちを散逸させるものに通じていく。

この空間において技術がもたらすまた別の問題、最も憂慮すべき問題、それは効率性への配慮である。これこそが、先進社会を支配している意向である。人類の大半にコミュニケーションの不全を強いる意志がなければ、このような意向も強まることはないのは、ここまで私たちが見てきたとおりである。これ以上、この点でいうことはもはや何もあるまい。

ヤム、アイ・アム、ラム

W・L(1)の創世記と多重創世記

初期作品において既に、創作の未来のフォルムが立ち現れているのが見てとられる。彼はまったき芸術家として姿を現しているが、それは形象の二重性において示される。描線が次第にしっかりしたものになっていきながら、同時に人物が揺らいで出現しているのである。また、彼の仕事全体には内なる批判力が伴っているということも理解される。少なくとも私はそう考えている。自らの宇宙を形成するや否やラムが私たちに語るのは、この宇宙とは自ら内に閉じこもるような単一性を謳歌する場所ではないということである。これは一つの〈創世記〉であり、一つの美的世界の誕生である。しかしその世界はすでに有機的に混成化しており、すべての絶対性にみられる不寛容な同一性から隔たっている。ここにある創世は多重創世であり、互いに異質な複数の構成要素が連なり集結している。その統合は、予期しないものを産み出す。

初期の作品群には、ゆらぎがある。この語がここで持ちうる、いずれも豊穣な、三つの意味において。これらの作品は、輪郭、すなわちフォルムとテクニックを見出すことにためらいを見せる。拙速な見せかけの効果に満足していないからである。作品は、時間を費やしてその世界を築き上げようとしている。世界は最初から与えられるものではない。最初のまなざしにしろ、最初の眺めにしろ。作品自体が、ただちに世界を疑問に付す。ゆらぎは弱さや欠如、不器用さの徴ではない。ゆらぎは、探求の強度とその絶対的真実味をいっそう高めていくものなのだ。

この画家の父、広東出身の移民ラム・ヤムは、ウィフレドが生まれた時は八四歳で、一〇四歳の時に事故で亡くなっている。このような個人的な事柄をここで語るのは、この芸術家の中では時間が極めてゆったりと流れ、彼の家系はみな年を取るスピードが遅かったのではないか、といった印象を私が常に抱いてきたからだ。ウィフレドの誕生と彼の父の長寿について知ったとき、私はおおいに驚かされた。意味合いは多少異なるが、マッタもまた同様に、生まれたのが「一一」つながりの時間、一九一一年一一月一一日、しかも午前一一時一一分だと言っては人を楽しませるのが好きだった。そしてこの日のこの時刻に、ケルンの街の伝統的なお祭りが始まるらしい。人の誕生にまつわるよく耳にする小話は、このようにしばしば雄弁だ……。ラムの母、アナ＝セラフィーナ、キューバ女性そのものといった彼女は、アフリカにルーツを持ちかつヨーロッパ系の混ざった女性であり、またこの母方の家系には、おそらくはアメリカ・インディアンも（そしてまたタイノ族の子孫も）幾分混ざり、彼女の混血の完成度を高めていたのかもしれない。「四つの人種」、黄、黒、白、赤という四つの要素からなる神秘的な帰属が、〈関係〉の完璧なイメージを、その理想的な幾何学的表現を開花させていくのである。

ここであらためて、カマウ・ブラスフェイト[2]の詩を参照しておくべきであろう。この詩は私にとっては思い出深いもので、マイケル・ダッシュ[3]が思い出させてくれた詩でもあり、アフリカ諸国とアメリカにおけるディアスポラの精神世界におけるナムという概念の聖なる性質について扱った詩だ。ナムは、魔術的、庇護的、再生的なリアリティを備えた実体である（このナムという語は、アジアのベトナム、アフリカのナミビア、アメリカのスリナムなど、想像力の及ぶ限りさまざまな語の中に見出せる）。この語とヤムという名とを関連付けてみたのは、ヤマイモすなわち「イニャム」(igname)、「ヤム」(yam)、仏語圏のクレオール語でいえば「ヤンム」(yanm)、あるいは「ズィヤンム」(zyanm) や「ズィランム」(zyllanm) と呼ばれる、南の国々では主食の一つとされるこの食物の名前の中に「ナム」という語が含まれているからだ。これらの呼称が表しているのは、アフリカという水源であり祖となる場所であり、それはまた同時に混淆化の始まりを、ラム・ナム、いやラム・ヤムの存在を、教えてくれる。まるでアフリカの信仰における聖なるものが、クレオール化の力の中で働き続けているかのようである。

　スペインでは、一九二四年から一九三八年までの間、ラムは絵画の勉強に勤しみ、スペイン内戦も経験した。この時期の諸作品にも、彼がパリでピカソに出会う一九三八年以前に、ラムが彼なりの方法で現代美学を刷新するプロセスにすでに入っていたことが読み取れる。そしてまた、一九四一年にエメ・セゼールと出会う以前に、もう一つの美学のあり方、すなわちアフリカ的な美学をすでに用いていたのである。飾り気なくかつ強調された輪郭、荒々しく単調な色合いの量感、楕円形をした顔、眼に当たる長方形の裂け目のような筋、これらはさながら、リオのコルコバードの丘のキリスト像のセメント製の二本の巨大なバーが、巨像のそびえる水平台から眺めるものを痙攣させるかのようである。

　このようにアフリカを存在させる中で、ラムはまず力強くも未成熟な原始的な表現主義に打ち込んでいくのだが、まもなく、記号の至高性に取り組み始める。象徴的な図柄や偽装されたメッセージであり、ハイチのヴォードゥにおける聖符号《ヴェヴェ》の図のように、誰もがそれと認めるシンボルである。ラムのタブローは、量感あふれる色彩の技法にではなく、単色のマティエールで平面を構成する、鋭利で挑戦的なデッサン画の技法へと接近していく。「記号」とは精霊の取り決めのことであり、隠されていて、揺らぎ、複雑で、明白ではない意味を探り当て、暴くものである。それは、鮮明な記号と豊穣なゆらぎという、ラムの絵画の大半を刻印するものになっていく。

実際のところ、ラムがピカソとともに、またシュルレアリストたちやセゼールとともに確信を抱いたのは、このような感性の大転換の数々が、歴史的かつ組織的にある方向へと収斂していくということである。ラムはピカソとともに「現代的」なのであり、セゼールとともに「アフリカ的」なのである。それは彼らの宇宙をめぐる詩学が、度外れなるもの、反抗、あるいは別な理性《レゾン》なり脱理性《デレゾン》なりからアンドレ・ブルトンとその周辺が讃えた痙攣的な美、これらの寄り添う群島へと辿り着くからだ。隠され、揺れ動き、また脅かされてもいるさまざまな水源に、一目散に進んでいくのである。

だがラムは間もなく、世界中の群集を綜合したような人物を浮かび上らせることを企てていく。そこでまず描いたのが、幾分丸みを帯びた横顔であり、それらはよく画紙の上に格子状に置かれていた。トーレス・ガルシア(4)の描く幾何学的で目もくらむような迷宮にも似ているが、それほどはっきり描かれてはおらず、彫りも深くはない。その次に企てるのは、文字通りデーモンという意味での悪魔憑き《デモニアック》(5)、霊感を与えもするしまた天罰を与えもする、より高次の精霊への接近である。オグン・フェライユなど、さまざまなハイチの精霊《ロア》をラムは描いていく。こうして、力強さを備えた純粋な記号内容《シニフィエ》とフォルムの綜合によって技術の面のみならず題材の面においても、ラムは一人のアンティルの画家となるのである。

アイ・アム。ラム。

彼のアフリカ人の乳母《ダー》の存在も忘れてはならない。マントニカ・ウィルソン、彼女がラムを育て、魔術的な民話《コント》を聞かせ、古の水源へと彼を近づけたのである。エメ・セゼールは画家にいくつかの詩を捧げたが、そのなかにはマントニカ・ウィルソンに捧げられたものもあった。

そしてあの作品の中に超自然的に増殖する頭部が登場する。これをアヌビスの頭と呼ぼう。(6) てっぺんは平たく、斜めを向いた顔はラッパ型や三角形のかたちをして垂れ下がっていて、その頭は、あるときは鳥になり神や女神になり、またあるときには馬や気難しい人間のようでもある。それは、被造物に現れる神の徴であり、またその逆でもある。サンテリアやその他アメリカスのさまざまな混淆宗教《シンクレティズム》の脅かされた神々が再び現れる瞬間だ。これらの信仰は、エジプトやアステカの神々と協同して、重要な文化的抵抗の力を獲得していくのである。この瞬間、ウィフレド・ラムは真に一人のクレオールの画家となるのである。

彼の描く人物は葉群に覆われ、人物それ自体が幹となり茎となり、種子や枝は欲望をそそる乳房や果実へと姿を変えている。女も男も地に足を据え、堅固で鉤爪の生えた木靴を履いて身を支えるその姿は、文字通り、地中に根を張る光景である。ピカソの『ゲルニカ』と同じく、手は椰子の葉のように平べったい。こうして少しずつ、『ジャングル』という、植物的で、垂直的で、そしてあまりに人間的な宇宙が構成されていく。

アヌビスの頭と語ったのは、アフリカの神々とアメリカの神々が同じ一つの叛乱の中心地に集められているからである。またこの作品からは、その他さまざまな要素が浮かび上がってくる。三角の形象と月の形象、これらはそれ自体の描く完璧な弧の中で光を失い、かつ無限である。そして火の鳥たち、二股に分かれた矢、フックを備えたトーテム。これらもまた混淆的な形態学の探求の試みである。こういった形象すべてがタブローを埋め尽くし、奥行きの深みのなかへと逃れることを許すような背景を、少しも残さないのである。

アメリカスの他の芸術作品と同様、「埋め尽くされた」タブローは、バロック的存在の宣言である。掛け値のない文字通りの拡がりが、その領域となり、その射影となり、またその力強いシミュラークルとなっていくのである。

イグアナ、チュウヒ、(7) 狂気のトーテム

それはカリブの地、神々の左肩の上に乗っていた。

私たちはじぶんたちの世界の縁で息吹を手繰り寄せ、海はいつものように、私たちの生まれたこの場所で、その鼻先をゆすっていた。このカリブの土地とは、四方から打ち寄せる大波の、サイクロンに囚われた赤い太陽の合流点である。私たちは、別な神明裁判が私たちを押し流したことを知っていた。第二次世界大戦の最も激しい頃であった。アメリカ艦隊やドイツ海軍の潜水艦の爆弾が、この島嶼地域の灯台の火が及ばない沖合で炸裂していた。この惨事がもたらす残骸を、私たちは海岸で寄せ集めていた。だが私たちは、ウィフレド・ラムがこの地で活動し、そのドラマの中に絵画を挿入していたことをまだ知る由もなかった。抑圧と放棄に縁取られた草地のすべてに、彼がその抵抗のジャングルの株を植えていたことも。先駆地ハイチ、アメリカ・インディアンの苦しみ、ヌビア(8)が身を解き放つエジプト、オセアニアの黒と赤、そしてあらゆる不透明な芽が、この世界の並々ならぬ一筋の光に、執拗に取りついている。

あらゆるミメーシスの技法に比してもはるかに啓示的な現実下へのヴィジョン、時に応じてまっすぐに線を入れたり揺らぎを見せたりする輪郭、塊《マッス》のみを作り出す色合い。

垂れ下がる植生、垂直的に絡まりあう根や椰子が、絶えず私たちの夢想の中にやってくる。枝や蔓やシダの葉には、一気に、一揺れで浮かび上がり、私たちの奥深くに潜むものが現れる。木を一本描いただけで、たちまち叢林が描かれる。孤独な幹はすぐさまジャングルを、隠れ場を作り、マングローブを成す。

植物群の上昇は、ラムにおいては奥行きを否定するものではない。ラムは奥行きを発見する。ひとつの幹とひとつの根を深淵の前に植える、深淵にそば耳を立てながら越えてゆき、無限の〈関係〉へと向かうのだ。

*

地平とは、ラムにとってはまずサトウキビ畑のことであった（「キューバにあるのはジャングルではなく、マングローヴとサトウキビだ……」、ウィフレド・ラムの死の翌日、アントニオ・サウラ[9]はこう書いている）。それはアンティルの風景に最も通ずる次元のひとつである。サトウキビ畑とは平面的であり、はるか遠くの消失点へと、畑は広がりまた変わらずありつづける、もっとも畑はモルヌの斜面から流れてきている。視界の開けない奥深や、ネズミやクサリヘビが身を潜める根っこの下に、何かを探そうとしても無駄だ。畑と隣接するこの場所が、畑にとっての彼岸である。私たちと同じく、畑も物言わぬ奥深くにあるものにとらわれているが、それは深みではない。

過ぎ去った苦しみ（収穫物は地面に積み上げられ、茎は刈り取られ葉はむしり取られるが、葉はサトウキビの束をくくる縄に用いられる）と、すぐにまたやって来る次の苦悩、この二つに境界などはない。あるとすればそれは畑での収穫の範囲であり、その終わりをめざして、人びとは一心不乱にサトウキビを刈り取り、束ねる。二〇世紀初頭のセピア色の写真が苦しくもまた色あせた証言を私たちに提示してきたように。

『ジャングル』の前に立つウィフレド・ラム。その姿は、刈り取り、束ねる野良仕事の人そのものだ。聳《そび》やぐ詩学。腕は上方を向き、岩の中を探る手と同じように平たい足、伸びかる手足のエレガントなまでの生硬さ、あるいは球根や腫瘍、高くに持ち上がった胸や尻、豊穣さ、また異様な慎み深さの中では、茎や挿し木の網目を縫って、めくるめく湾曲した仮面や月の数々が、見るものに強い眼差しを向けている。そこで人類は、自らの熟しゆく樹液の青みがかった黄色に襲われている。

『ジャングル』とは絶対的なオブジェである。

＊

やせ細ったフォルムがここでは支配的である。すなわち身体全体が一つのトーテムとなっており、タブローの空間全体が、瘢痕のような傷で覆われている。豊穣さとは、でっぷりと満ち満ちた柔らかさによってではなく、熱帯の自然に震え広がる腐食の中から肥えていくのである。それこそが、オーカー色に張り巡らされた砂の技法である。

イグアナに似たものや変装したチョウヒ、半ば悪魔で半ば獣のようなこれらの群が、すらりとそびえるように並べられ、矢のような鋭い形態に形どられ、縄のように張り巡らされている。この綾織物の神秘的な秩序こそが驚くべき絵画技法の一つであり、遠近法の法則を欺く最も美しい技法なのである。

始まりの時の歓喜を前に忘我する啓示、暴力と苦しみはその灯火となる。

＊

神々のあの肩の上に乗り、ラムの作品は世界のあり得べきものすべてに彩られた一つの縮図となる。

出口の言葉3――ラム

「彼は二重の企図に身を捧げる、故郷の島の現実から溢れ出る始原的な形態を見つけ出し称えることである。そして同時に今日の私たちが生きる、文化の通路を示すことである。私たちが群島に関わるものであるにせよ、大陸に関わるものであるにせよ、文化の通路に通い慣れているのだから」

「ラムは画布を埋め尽くした。木々の詩学ではなく、植生の詩学である。記憶のなかから湧き上がり、島という空間でジャングルとして爆発する、垂直的な繁茂だ。アフリカ的な形式が再興され、その形式は慣習の中でではなく本質的な動きの中で捉えられている。呆然としたような目を備えた三角形は菱型の盾となり、生い茂る穂は月の角を身につけている。解剖学的な選華《アンソロジー》だ。大地を舌なめずりする執拗な足、シュメール人のように神の方にもたげた胸。観るものはそこで神の秘密話をせがむのだ」

「支配された男と女がそこで冷笑を浴びせている。何という希望であろうか、一九四〇年代という曲がり角の時代、世界大戦というドラマの余白で、古き時代の輝きが何一つ失われてはいなかったと知ることができるとは。ラングストン・ヒューズ、ニコラス・ギイェン、エメ・セゼールらと、同じ時代そして同じ空間に、繊細かつ濃密なものが集結していたのだ。アンティルの人間は、言葉の痕跡を保持していたのみならず、輪郭の放つ閃光、組み立て直された数多くの空間のオーク色の隆起を、自らのうちに持っていたのだ」

「自らの島と記憶の中から、要素、形態、そしてこのうえない芽吹きを寄せ集めては運動のなかに配列する。まもなく運動は、装飾写本とお祭り事《フィエスタ》、すなわち他者との出会いを導く。キューバの現実という素材、再興されたニグロ・アフリカ的宇宙の形式、そして数多くの出会いから得られた人物像とが、あらゆる方向へと飛び交い、実現している。つまりは、世界という巨大な〈関係〉がもたらす思いがけないものの中で、現実のものとなっているのである」

「天空の錬金術士ラムは、こうして私たちの土臭い記憶も保持していた。その記憶を彼は捧げたのである。その記憶の中で、あらゆる風が、どこから吹いて来ようとも、楽しげにそよいでいる」

ここで燃え上がっているのは誰か、おお、マンフニル[10]なのか？　稀に出会うこの鳥がさまよう、水辺のシダの葉の上で、私たちの反芻のしかたに逆らうかつてのこの草地で、その名がこの猛禽を指すようになったのは、この鳥が私たちに近寄るにしたがい、まさしく名前と翼と葉群とが一体となって、他でもないかつての時への夢想、〈いにしえ〉の土地への響きとなっているからではないか？　この猛禽は、世界の港という港を飛び飛びに結び、この場所を覆う。世界の方は執拗に大地を逆流させ、その水辺を絶えず揺り動かしている。この猛禽を私たちの側は不確かな名で呼んでいる、あらゆるものに歓迎されるように、猛禽は自らの描く旋回と閃光でこの場を満たしてくれる。事実この猛禽は、真夜中の後の柔らかな光のために名を呼ばれることはなかったが、鳥は爪の間でその光をかき回している。

横溢する海

詩の赴くままに、いくつかの海を語るならば、地中海は、身を動かさずに旅程を投企する。他の海もある。太平洋が身を動かすのは、痙攣的な力に震えるときだけである。どちらの海も向かうのは自分自身。一方、ここから見通せる海といえば、大西洋は航路を先へ先へと切り拓いていくオケアノスであり、まもなく平穏になる。カリブ海である、通過だけがある……。しかし、隠れた海が私たちに開かれる。秘密の海が、耳の側で私たちに語りかける。

〈透明性〉と〈マティエール〉との争い(1)

シルヴィ・セマヴォワンヌは、両面が描かれた画布をいくつも展示した。画布は帆布でできている。そこに注意してほしい。帆布だから海がいつもそこにある。彼女は、ほとんど透き通っているが頑丈なそれらの画布を小旗のように垂らして、二つの画面を透かして眺め、読み取れるようにした。

ここに想定される〈透明性〉、互いの干渉を受ける表と裏という二つの現れのあいだに忍び込む純粋な光、それはまさに「四次元」なのだとマチュー(2)は言う。四次元は〈時〉に先立つということらしい。シルヴィの最近の作品には、何よりまずこのような冒険がみられる。画布の片面からもう一方の面へと、重ねあわされたマティエールを通して読むという企て――だが、作品はこのような隠れた光の魅惑に抗っている。いにしえより滅ぶことなき〈物質〉の喜びを得るために、喜々として抗っている。〈物質〉はアルファにしてオメガであり、〈全〉を要約し、包括する。〈マティエール〉は完全な勝利を収めている。

色の広がりは自律性を獲得している。それこそ私たちが愛してやまぬ画家たちについて繰り返し指摘してきた点である。色の広がりはそれ自体が生きたものであり、青は奥深くで燃え、赤は懐かしい幸福に梳《す》かれ、さまざまな黄色は大河のごとく流れ去る。緑はといえば、実に皮肉っぽく君臨する。まさに、混濁しているが明らかな〈他者〉の、あるいは〈他者〉への誕生である。集積される個々の色は、そこに組み合わされる色に対して〈他者〉を表す。かたち、すなわちもろもろの形態のほうは、きわめて奇抜な慎重さで、その不透明性に関与する。控えめだがはっきりした輪郭を描いてそこに介入する。それらは、最初は放棄せねばならなかった〈透明性〉を想起し、復活させようとする。

ここでまた〈透明性〉が持ち出されるが、それは光の背後に想定されるものではなく、絵筆《タッチ》から生まれる暗いダイヤモンドのような巧みな儚さである。透明性は、まさにマティエールそのものに刻まれている。シルヴィのこれらの作品には、これは何なのかと首をかしげさせ、何を表すのか思案に暮れさせるような形象が素描され、〈物質〉のゆるぎなき存在のなかに危ういバランスを取って放たれている。物質はそれらの形象の周りに無限の〈日没〉のごとく広がる。太古におびただしく建てられた〈石碑〉がたったひとつだけ残されている。だがそれはすでに底知れぬ謎となっていた。そのかたわらに、ごつごつした図柄が大きく描かれ、空間を黒くし、石碑の建立を支えている。

コバ(3)

彼の物語は私たちの時代よりも以前に位置するが、その深みにおいて現代を抱き込み、現在の人間状況に穏やかならぬやり方で問いを突きつける。

コバはグルジア出身の樵であり、まさに森の殺戮者である。破壊への怒りのエネルギーのみによって集まったさまざまな民の群団の長となったコバは、目の前に現れるあらゆるもの、この世界に見出すすべてのものを、その恐るべき山下りの道中に破壊していく。時代は西暦紀元の初頭。彼の故郷である中央アジアの高原、つまりグルジアを、そしてコーカサスを破壊した〈大洪水〉に対して、彼はその群団を引き連れて復讐する。作品にはクセノフォンの『アナバシス』やサン゠ジョン・ペルスの『遠征』の息吹があり、反-方舟伝説でもある。神々(コバはひとつの神も想像することができないのだろう)は洪水をつくり、放った。そして虐殺者コバとその一味は、神々を、すべての神々を殺すのだ。すでに知られた神であれ、これから見出される神であれ、文字通りに、そしてあらゆる意味において。

この地域は、メソポタミア、あるいはより広く中東の一部としてみると、石油が発見される遥か以前から権力と支配の〈中心地〉であり、侵略の十字路、世界支配の拠点の一つであったことは、多くの〈戦略論〉的考察が教えるところである。

極悪非道の数々を周到に企て、飽くことなく殺戮を繰り返すこの樵は、神々を破壊するだけでなく、神々の力の秘密を手に入れ、神々の至高の真実に触れようと躍起になる。コバは霊感を受けた反逆者であり、神々が自らの利益のために宇宙の奥義を独占することを決して許さない。陶酔せる幻視者。彼のなかでは、彼が拷問にかけ虐殺する神々と同じように、絶対と殲滅とが出会い、同居している。

恐怖と激怒によって彼がかき集めたのはどんな民だったのか？　まず、イメール。さまざまな民の群団にあって優勢な部族であり、コバはそもそもこの部族の長であった。それから、コーカサスの七〇の部族。サース、ツァーヌ、ネズミを食らうケヴスール、女たちをさらうラーズ、雪を飲むコルク、クルド人の祖先であるカルドゥーク、アマゾン。どこでもアマゾンについてゆき、アマゾンの種馬の役目をし、チェチェン・イングーシ人の祖先を生み出したガルガール。「互いに私生児」であるジェルとレジュ。「真実しか言わぬよう努める」マングル。「年に一度狼になる」ヌールは、ヘロドトスが語る狼族(4)の反響であり、スヴァーヌは「シラミを探す者たち（フティロファアージュ、つまりシラミ食い、の祖先）」である。目のくらんだ太古の人々のアンソロジー。彼らの怒りは決して静まることなく、血と野生の麦酒に酔う。

このひしめく混成集団の中にはコバに劣らず個性の際立つ者がいる。たとえば「死んだ動物の顎を取り出すのが仕事だった」チューイシュは、「聴覚の鋭いグルジア人で、老いた樵が葉擦れの音から木の種類を区別できるように、地面に耳をつけると世界の秘密を聞くことができた」――この人物を称えるべく私は小説『オルムロッド』[5]で、「ウラル山脈からやってきて」マルティニク人の夢に取りつくパウーチュ族の民の調査を行った。あるいは、記憶そのものであり、記憶でしかない者[6]。彼は、細い枝の震えから巨大な〈都〉の崩壊にいたるまで、世界のなかで語られ、作られたすべてを完全に再現し描いてみせる。彼らは激情にまかせて、西洋が獲得するあらゆるもの、認識、直観、予言、物語、支配への強迫観念、死への情熱をかき集める。

　さまざまな名前を連ねる〈リストアップ〉の技法は、高揚感に満ちた詩人や小説家によく用いられるが、ここでは目眩を起こさせる。読者は、さまざまな民の恐るべき能力を目の当たりにして、果たして筆者は膨大な調査や考証を経て足跡を突き止めた民族とみずから創作した民族とを混ぜ合わせたのではないかと思うのではなかろうか。ウィトルウィウスやストラボンといった歴史家たちを参照してみると、その戸惑いはますます深まる。彼らの所見は、そのまま信用するにはあまりにも古くまた希少なため、私たちを惑わせる。知識と創作は混じり合い、ページの下に付された註は、物語の錯綜した魅力の一面となっている。

　スキタイからアルメニアまで、神々、司祭、信者、あるいはただその場に居合わせた人々までもが消滅させられる（「われらの通ったあとには、神々はもはやいない」とコバは誇らしげに言う）。ニネベ、バビロンすなわち「バブ‐イリム、神の扉」、そしてバビロンの始原の〈母〉なるエジプトのプターとラー。さらにエルサレムでは、コバは当時のユダヤ教条主義者ゼロテと手を組むが、結局は、彼らの神々あるいは唯一の神の奇妙な名前をたどたどしく唱えながら、彼らの喉を掻き切る。「エロイム、エリム、イラー、アラー、アラア、エロアー……」。コバは神を見ることができないし、したがって理解することもできない。彼はまた、衝動に駆られて貧しい庶民も虐殺する。彼の後に残るのは身の毛もよだつ廃墟だけだが、それは他の者たち、たとえばローマの軍団の仕業とされるだろう。彼らは亀甲陣を組み、抜け目なく慎重に、物音ひとつ立てずにこの物語を横切っていくのだが、この大騒動の後継者として選ばれ、相続を準備すべき者となるだろう。

神々を殲滅するにつれて、コバ自身が神格化していく。バアル。[7]コバ。コバアル。彼はバベルの塔を破壊する前に塔と同一化する。コバベル。そしてさらにほかの神々が——私たちの前には常にほかの神々がいる——オリンポスと呼ばれる山に住むと知り、彼は群団の残党とともに船に乗り込む。度重なる征服の戦と内輪の争い、また陶酔と憤激の自傷行為に疲弊し、彼らはその数を大きく減らしていたのだが、コバは彼にとって新たな領域《エレメント》、海へと乗り出す。

だが未知なる海はつねに現前している。始点にして終点、老いてなお若き地中海を、今やコバは飽くことなく周回した。地中海は恐怖を生み出し、絶対性を聖なるものとした。驚嘆すべきものどもを探り、多様性を広めると同時に、あらゆるものの崇高な単一性を前提とした。この単一性は、コバにとって、確かに実在すると信じたかった神々と同じくらい遭遇するのが恐ろしいものだった。コバは、避けがたく選ばれた、この海の岸辺の聖なる掃除人なのだ。仲間の裏切りに遭い、嵐に巻き込まれて、ついに彼は海に沈み、深海と無意識の主ポセイドンの宮殿に向かう。混濁した再出発のために。かくしてコバは神となる。あまたの悲嘆の果てに、始原の液体に浴し、そこからあらゆる生命がほとばしるだろう。

コバが抽象的な思想にわずらわされることは決してなかった。彼は神々を理念や本質ではなく、倒すべき戦士とみなす。エジプトでは、実際に怪物のような聖獣を殺した。多柱式の広間の暗闇に重たげにうずくまる悪臭を放つワニを、黄色くなかば透き通った肌のカバを、隻眼のハヤブサを殺した。エルサレムでは実際に律法《トーラー》の書を食らい、この冒瀆に茫然となった司祭たちを十字架にかけた。バビロンでは実際に石の女神たちと交合しようとし、町を新たな大洪水に沈めた。恐怖はつねに、次の常軌を逸した行動に結びつく。

約二〇〇ページという分量は、つまるところ規範的とも言えようが、その限られた紙数の物語には、読書の二重の快楽がある。

ひとつは、『ローマ帝国衰亡史』や『戦争と平和』のような、不眠をもたらす、なかなか読み終わらない大著をひも解くときの幸福である。そこで読み手は絶えざる反復がもたらすうねりを味わう。いまひとつは、『地獄の季節』や『ねじの回転』といった、束の間の閃光を放つ詩的文章を駆け抜け、運命の物語の勃発と奔流をたどる喜びである。『コバ』ではこうした二つのリズムが出会っている。物語は緩慢だが、ひどく唐突でもあり、反復的（ひとつの土地から別の土地へ移っても神々はそう違わないように思える）だが、訪れるまでまったく知らなかった風景を発見するように独創的でもあり、連続しながら異なっている。

神の災い、と呼ばれたアッティラや、東や北からやって来た侵略者たちを引き合いに出す必要もあるまい。彼らは地中海にたどり着くまで時間がかかった。そしてほどなく定住する。しかも実際のところ、神々をむさぼり食うコバに比べれば、彼らの黙示録的な蛮行は素人同然にみえる。コバと彼の群団は、燕麦を植えたり子孫を残したりするのには不向きだった。また、出身地がグルジアだからと言って、別の災禍を生み出したヨシフ・ジュガシヴィリ〔スターリン〕を連想するのもやめておこう。コバだけが、ある絶対に触れ、その絶対の判読できない痕跡を周囲のいたるところに残したのだ。

コバの血にまみれた漂流は時間のなかに広がっていった。現代世界の人間たちの多くは、神々を殺すために自らの周囲で殺戮をおこなうことはないが、神々の名において——結局は同じことだ——、あるいは自ら作り出した崇拝物、すなわち、国民、人種、もっと単純に言えば利潤の名において、殺戮をおこなう。世界の秘密を聞き取ることのできるチューイシュと、彼の仲間、自らのうちにあらゆる記憶を要約する者〔ソベック〕は荒々しく回帰して、これらの共有-場を想起させる。ことによると、樵は、おそらく彼の出身地方ないしその周囲にあったコバという町をはじめに破壊し尽くし、その町の名を自らの名としたのかもしれない。アラン・ボレール氏は〈見者〉である。

いずれにせよ、偉大な〈口述〉のしるしであるゆったりとした文体で記された『コバ』は、モーリス・サイエ(8)がかつてアルフレッド・ジャリの著作を評した言葉を借りれば、まさしく文学の楽園である。

画家の複数の入口

「太陽は内部にあり、瞬間は永遠である」[9]
——ヴィクトル・セガレン

私はこれまでずっと、ヴァレリオ・アダミ[10]の作品を、じつに堂々とした大壁画——たしかにそれはパノラマであり、グループ化して配置された現実なるものの総合構成であり、自らを名指し、説明し、定義している——だと思っていた。ところが、彼の作品の射程は、描かれたもののさまざまな境界を越えるところにあったのだ。画面にはもつれやほつれがあらわれていて、私は、自分なりに、その錯綜をたどってみる必要があることに気づいた。

明白な切断

表現はすくなくとも二重性を帯びている。まず、そこにあるのは、視線に迫ってくるものである——この「そこにある」とは、純粋な現前であり、できるかぎり、幻視と呼ばれるものとは区別されている。そこには、窮屈なレアリスムの鋳型に流し込まれないように気をつけながら、現実をねじ曲げたり、現実のさまざまな形象がぼやけたりするのを極力避けようとする本能的な描法がうかがえる。だが一方で、おなじ現実が複数化して壮麗に広がる様子に注意しなければならない。それは、タブローが私たちを別の場所へ、消えていくということの、揺れる世界へと、私たちを導くのである。

純粋な現前、すなわち単一性《ユニシテ》。そして壮麗さ、すなわち複数性。画家はこの複数の入口のいくつかを操りながら、目に見えない境界を開いてみせる。

私たちはこの複数の境界線へと投げ出される。私たちは自らの重い（文化的、個人的、意識的、無意識的）遺産を背負い、その遺産につきまとう、歴史のなかで膨れ上がった幻想《ファンタスム》を引きずりながらそこに接近する。境界線は威厳あるものとして受け止められるべきなのである。表現の二重性は、芸術の威厳そのものなのだ。二重性は、剥き出しなものに究極的な衣装をまとわせる。

ヴァレリオ・アダミの絵画《タブロー》やデッサンにおいて、表現の二重性を支える特徴を、切断、と名づけてみよう。彼の描くどのデッサンも、あきらかに、ひとつの実現、あるいは単一なるものを完成させようとする力を主張していて、それ自体において閉じること、つまり自らの性質だけによって完全になることを目指している。あたかも、ひとつの星雲全体を、完全だが姿の見えない楕円形ないし円形の母体《マトリクス》を出現させようとしているかのようだ。そこから無限のものが発生する。

この意味において、デッサンは境界部ではなく、何よりもまず指標である。デッサンは取り囲むのではなく、挿入されていく。切断のようにみえるデッサンが織り込んでいくのは、描かれるものを分割するのではなく、列挙しようとする思考や価値観の外側で、描かれるものを多数化する傾向を見せる。

本来の釣合いを逸脱した身体や題材は、二分割、三分割、と切り分けられるのではなく、斜めの運動を続けながらさまざまな世界を乗り換えていくのであり、ここにあることをやめることなく他の場所に自らの本質を屈折投影する。

切断は襞をつくるものではなく、現実にずらし《ディヴェルシオン》を施す。現実はお互いの交換のうちに変化するが決して消失することがない。

別の言い方をすれば、切断は存在を生み出すが、それはつねに存在者の領域においてである。舞台は、二重性をもっている。そこを占めている、あるいは取り囲んでいる題材も同様に二重性のうちにある。顔や手や身体の曲線は複雑に入り組み、つぎつぎと輪を描き、星雲から星雲内部のブラックホールへと移ろっていく。それとは対照的に、周囲に描かれるものども、戸外の太陽、船が行く湖水、遠い過去の建築物は、はっきりそれとわかる自然なかたちを完全にとどめている。これらは形態の観念、あるいは観念的形態であり、まなざしと思考によって難なく把握される。だがここでクローデルの言葉を思い出しておこう。「眼が聴いている[11]」のである。

舞台

〈自然〉が問題になっているのだろうか。よく考える必要がある。はたして自然は、デッサンの描線がタブローの内実をあらかじめ示しているようにそこに留まるもの、生きているものの厳密なマティエールを取り囲んでいるのだろうか。それとも〈自然〉は、その構造を、あらゆる事物の欲求とそれらの震えに対して開いているのだろうか。驚くべきことに、水平線、湖水、タージ・マハールといった図柄は風景を形成するものではなく、瞑想と沈黙を反映するものなのである。

〈詩行〉を意味する〈スタンザ〉は、そもそも住処という意味だが[12]（辞書『プティ・リトレ』によれば、語源はラテン語の動詞stare〔住む・留まる〕である）、おそらく舞台という意味も合わせ持っている。棲んでいるもの、ないし舞台に留まるものは、不安を引き起こし、問いかけているものそのものなのである。素朴な風景は、クワトロチェント[13]のタブローのように、窓枠のなかに押し込められてはいるが、そこでエネルギーが枯渇したり途切れたりする様子は微塵もない。いま一度繰り返せば、それは生の多様性と想念の震える単一性とを接近させようとする情熱的な試みとなっている。

彩色の意味について考えてみよう[14]。彩色は内部と外部とを結びつけ、それによって鑑賞者は、ひとつの場所から他の場所へと行き来できるようになる。いかなる色が使われようと――ある部分が濃い黄や赤や黒で彩色されようと、誰の目をも惹きつける青で彩色されようと――タブローはそれらの色調を同一の強度で示す。タブローは光と影が織りなすいくつもの同じ音楽によって成立している。〈スタンザ〉は舞台であり、〈スタンツェ〉は、舞台の旋律的な重なり合いであり、そこにとどまって立ち去ることのない時が響き合ういくつもの歌である。時は舞台に在る[15]。

（建築家のウィリアム・ラ・リッシュ氏[16]は、彼が賞賛するサルヴァトーレ・クァジモド[17]の次の短詩を私に示してくれた。職業柄、建築家は俳句のジャンルを好むのだが、彼に言わせれば、この短詩をフランス語や英語に翻訳するのは至難の業なのである）

私たちはみな、大地のただなかで孤独である
太陽の光に貫かれ
そしてすぐに日が暮れる(18)

こうした精神の内面の舞台が問題となるのである。それは、始原的であると同時に究極的なものであり、消えざる記憶の場所であると同時についに実現された予言の場所、とみなすべきだろう。というのも、空間も時間も、収縮と拡張を繰り返すからである。画家は、彼が提示する形態によって、この二重の躍動、曖昧な運動を、動かし得ぬひとつの場所に固定しようと試みている。

壁

本論の趣旨に沿って、まずは存在が留まっている部屋をじっくり観察してみよう。壁や支えは、継ぎ足されるが囲い込むことをしない。それらは画面を斜めに横切り、水面や不安定な装飾によって断ち切られ、そこに掛けられているものは傾き、ブラインドはわざと壊されたように垂れ下がる。静かなまったくの無秩序、それが瞑想の密かな秩序と競い合う。

私たちは制作中の画家の動作を思い浮かべる。かたちを描く動作と、描いたものを吟味する動作。つまり、尖った鉛筆で線を描く動作と、突然に消しゴムで消す動作。身ぶりと道具は協同して、秩序と無秩序、集中と拡散、存在と存在者といった二重性を示そうとする。

消しゴムが消すことのできたもの、あるいは修復できたものを、私たちは推察する。あるいはまた、鉛筆が描こうとしてためらったものを直観的に想像する。誰の眼にもあきらかに不動なものにみえる描線やデッサンやタブローは、ゆらぎを秘めている。消しゴムは全能の支配者だが、鉛筆は自由な振舞いをみせたのだ。

壁は、変化への欲望を縁取っている、いやむしろ解き放っていると言ったほうがいい。そしてそこに留まる義務につねに反発する。だが突然、究極の逆説だが、驚くほど変化を見せる存在の前面に存在者が出現し、不動のものとなる。

なぜ境界を装った壁が画面を斜めに横切るのか、なぜさまざまなものが壁のあいだを斜めに横切るのかを私たちは理解する。それらのバランスは、セガレンが「中国帝国」について指摘するあの荒廃したぐらつきに似たものなのだ。そこではすべての知がしかつめらしく戯れる。

私たちがデッサンやタブローにおける切断のテクニックについて述べたところに戻るならば、おそらく、切断もまた、何よりもまず、連結やほどけぬ紐帯のテクニックであり、存在が存在者へともたらされる真の境界を示しており、そこで生きている者たちはポーズをとっているのだ。

姿勢

壁に囲まれて、生きている者たちがポーズをとる。夜の空気はまだ広がるのをためらい、灯りは点灯すべきかどうか迷い、光線どうしは交錯し、大きな鏡は曇っていて天井を照らすばかりである。こうした場所で、身体は休息の姿勢をとるが、無言のうちに何らかの挙動をひたすらに演じている。身体はうずくまり、なかば横たわっていても、あきらかに辺りを警戒している。

身体が二つずつ置かれていることにすぐ気づくだろう。二重になった身体、絡み合っているのもあればそうでないのもあるカップル、身体は互いに並置し、対置し、他を想定し、補完する。そして、互いを否認し、耐え忍び、支配し、見失う。それらは悲劇の双生児を喚起し、模倣する。そのかたわらにしばしば別のものが現われる。恋人たちのベッドのなかのフロイトのマスク、壁に並置される裸体やフルート奏者や空虚なアーチ、死神の鎌、陳腐な湖上の白鳥、ぬいぐるみらしい兎、ペットの猿。がらくたや機械、無表情で言ってみれば稚拙な記号の数々。それらはデュエットを演じる身体に、不可能な〈三位一体〉という悲しい解決を付与している。

アルビノのような双生児は、神の守護者のしるしである。しかし、一組の身体が完全な対となることはほとんどなく、そもそも対であることを見分けることすら難しい。あたかも彼らは、切断によってのみ結びついているかのようであり、彼らには朝も昼も夜もないかのようだ。デッサンの描線が画定する輪郭はそのままタブローの素材となり、不動の時間を導入する。そこには偶然や幸運が介在することなく、タブローの色調は、さまざまな〈舞台《スタンツェ》〉を一様の比類のないメランコリーに染め上げている。

日常生活のなかの男女の対（『暗記して』、『フィグーラ・コントロ・フィグーラ』、『夕日』、『ひとつの愛（愛と死）』、『記念日』、『シネ・シネ』、『私の居間』）もあれば、〈歴史〉によって切断される対

（『ゲーテの哀歌』、『ピッペラータ』――モーツァルトによる、『資本主義の構築』――武装したライオンと顔のない奴隷、『故郷』――中東の悲劇的亀裂）もある。二重性は提示され、おそらく決して解消されることはない。二重性は、自分の殻に閉じこもる姿勢をとるものにも浸透している。これらの〈舞台〉をさ迷いはじめたとき、私たちの脳裏をよぎったものは何か？　それはすなわち、二重性とは、単一性と多数性との共有－場だということである。そこに、毒気を含んだ香気をくゆらせながら、私たちが生きる錯綜した状況が立ち現れる。灼熱の〈季節〉が紫色にたなびく雲の上に膨らむ。夜の帳が降りる。いつもきまって唐突に。私たちは画家の孤独な作業から出発して、私たち自身へと接近する。

反転と斜傾

画家はごくありふれた手法に訴えることもある。『死と乙女』と題されたデッサンなどがそうである。旅の夜、ホテルの部屋のなかから仮の宿の看板のネオンサインが窓ガラスに映し出されるのを眺めた経験は誰にでもあるだろう。その文字を読むには文字を裏返しにしたり、斜めから覗いたりしなくてはならない。人生の逸脱、嘲笑の的になった裏面に私たちは刻印されているが、そこから逆に私たちは画家と彼の創造へと接近するのである。

記憶

一つ目の記憶は、デッサンに描かれたものをタブローに固定する記憶である。それはじつに感動的な作業である。言うなれば、その制作過程を通じて、最初は即興され、手探りされ、ついには安定を獲得するさまざまな形態で織りなされる永遠が開かれる。この記憶が追求するのは、外部から内部への道筋、現在から永遠へ向かう、すなわちまさに、こちら側の場所からあちら側の場所へ向かう道筋である。

〈歌〉の記憶は、同じようにすばらしい。身体は歌い、痕跡を残し、私たちの手はそれを証言する。画家の手はただそれを証言するだけではなく、その記憶を作り直し、歌につけ加える。デッサンとタブロー――形態と色彩、輪郭と量感――という二重の射程は、それらの変換をうまく実現するために、しっかり区別される必要があり、その二重の射程が、一挙には可視化されない影と反響を映し出す。

よく整えられ、ほとんど制御されつくしたこの絵画のなかに、影がひそみ、反響が風の背後に広がり、いたるところが揺れる。内なる海、その波は執拗に地下に潜伏する。

次は、画家とともに、さまざまな人間の苦悩の記憶に向かおう。この記憶はなかなか捉え難い。『大いなる歌』[19]には『深き歌』が寄り添っている。この種の記憶は、驚くべきことに、ベリア[20]のごとき獰猛な連中はもちろん、ダンテ、フロイト、マルクス、ヘルマン・ヘッセといった西洋知探求の大黒柱ともいえる選ばれた人物のなかに何度もあらわれる。ということは、誤解しないように気をつけるべきだろう、そうした記憶はみなトーテム、すなわち作動中の力なのであり、記憶が出現するのは、安心を与えるためでも類別するためでもなく、警戒を喚起するためなのである。

さらにまた、現在(記憶から自由で、すでに指摘したように、風景とならない現前)は、まったく記号的に過ぎぬ表現と折り合っており、それらの記号(太陽光線、三日月、湖岸の蛇行)はあたかも記憶の代用となり、十分に記憶を表示しているかのようである点にも注意したい。

その一方で、建造物の細部がデッサンやタブローの片隅に出現することもある。忘れられた歴史の亡霊、舞台のアーチに張り付いた城館、柱廊の破片、建物のファサードらしきもの、豪華で幻のような劇場の模型。人間がつくったそれらの造作物は、〈自然〉が生み出すものよりも簡単に影や幽霊やキマイラへと変容する。二、三の箇所で私は、昨日の夢から脱け出してきたような、羽根の生えたグラスをみつけた。小さな円卓の上にぽつんと置かれたものもあれば、どうにも茫漠とした空間のなかに漂っているものもあった。ここで私たちは、子供の頃にこしらえた物の記憶を取り戻す。その記憶は、アカシアやエピニといった、かつて私たちを傷つけた森の針葉の記憶のごとく鮮明である。

絵画に入っていくもの、絵画から出てくるもの

一つひとつのデッサンやタブローが示す不動性によって、私たちは、世界の情景を眺め、一点の曇りのない細部に目を凝らすように仕向けられるのだが、作品群全体を見渡すとき、私たちは、玉虫色に変化する〈多様なるもの〉へと導かれる。タブローはさまざまな構造や予言を固定し暴き出すが、一つのタブローを別のタブローとともに眺め、常套的表現のパノラマを追っているうちに、震える宇宙のシネマを見る思いにとらわれる。なんと自己に忠実でありつつ変化が示されていることか。そう、まさに大壁画、私たちの幸多き放浪の仮祭壇なのだ。さまざまな作品からひとつの作品へ、ひとつの〈舞台〉からいくつもの〈舞台〉へと、動きが生まれ、増殖する。絵画の観念そのものとの切断。しかしその切断は、この上なく強い絆のあらわれでもあり、そのようなものだと自ら宣言している。

絵画に入っていくもの、それはすなわち、ほんのスケッチにすぎないデッサンを仕上げるバロック的手法、おどろくべき手の関節、地層のように裁断された顔、銀河、極小のブラックホール、奇抜なバランスを生み出す身体の鮮やかなもつれ。そうしたものどもが奇抜なバランスを生み出している。絵画から出てくるもの、それはすなわち、世界の〈多様性〉への情熱。その情熱は私たちとともに顔をしかめ、心から笑い、微塵の悪意もみせずに、驚嘆すべきものを遠慮なく語る。

この絵画から出てくるものはまだ他にもある。絵に向き合っているときに感じられる、私自身の風景を創造し想起する自由。夜が忍び寄り、たちまち広がって、物や生きるものたちは影の上にくっきりと浮かび上がる。太い青マンゴーの木や紫色のスターアップルの木が、永遠のように、ぽつりぽつりと自己主張して、そのざらついた量感で底なしの空に穴をうがつ。すべてのものから離れて、キャッサバアリの行列が、あり得ない薄明りの臭跡をたどる。モルヌ・ルキュレ(21)のふもとでは、川のせせらぎが長い木霊のきらめきとなり、澆漓とした言葉のかけらをささやく。道に迷った年老いたイグアナが、はるか昔へと時を遡り、夜に溶けていく。

タブッキ[22]について

つねに二重であること。

それは彷徨によって流れ出る。彷徨とは、道を見失うことを恐れぬ、固定点を軽蔑する技である。エクリチュールは、この方法を用いて、不安定な状況を描くことに徹する。たとえば断崖の上を飛行するといった命がけの仕事に従事するように。私は滑空する、ゆえに私は変化する。空を飛ぶ情熱は至るところに見られる。そこには変身への嗜好がうかがえる。すなわち、ひとつの受肉から別の受肉へと、ひとつの状況の情報をそれに続く別の状況へと、ひとつの人格から次にあらわれる人格へと伝達する方法は、相次ぐ停滞と同じように重要である。作品を全体的に見渡すとき、この物語とあの物語の登場人物を混同することはないが、彼らは置換可能である。また、ある本の束の間の目眩も、そのあとに書かれた本の目眩に伝わってゆく。彼の作品は、いつも眩いばかりの世界の変数である。

感嘆への情熱もまた、二重化をうながす。それはまさしくペソア[23]である。彼自身もまた不動でも不変でもない。タブッキ氏における感嘆への純粋な欲求は、ミシェル・レリスやガストン・ミロン[24]にも見られるように、見せかけのものではなく、自己変革の偽らざる実践《アンガージュマン》を意味する。自らの仕事に没頭する詩人は、つねに他の詩人たちの詩に魅了される。私は変化する、ゆえに私は交換する。トリスターノ[25]と作家の二重性は、クローン技術的な悲しい類似ではなく、不確実さの感情の豊かな高揚を生み出す。存在するものの衰退ではなく、私たちにとって〈他者〉をかたちづくるものへの正しい接近の仕方なのだ。

アントニオ・タブッキの意図から、思いがけずして、私たちは、近似の恒常的効果がもたらすアイデンティティの豊穣化、すなわち、ありとあらゆるもののなかでもっとも寛大なあの〈関係〉という形態にたどりつく。

亡霊に手向けることば(26)

トロイやレバントの城門には行かぬがよい
月が青白く照らす壁の下に倒れたくないならば

お前は空しく髭に漆喰を塗り、
心臓の筋肉を硬く鍛え、
〈塔〉の高みまで魂と精神を掲げ、
身体のなかの野生のカラス麦を折った

それでもお前は犠牲の煙に目を洗う
(そこでお前は獣の臓腑とともに私たちの敗北を献納する)、
私たちの敗北は、私たちの身体とお前の誓いから解放される
私たちは、お前の視線が私たちに嵌めた鉄鎖から自由となる

ペロポネソスに告げるがよい、お前のイタケは無事だったと
だがペロポネソスはお前のことがわからない、お前の脛骨が、お前の羽根飾りがわからない
いまやお前は、煮出したブドウ汁に溺れ、片目の〈夕日〉の八百頭の馬に引かれる哀れな肉体になり果てたから

英語やフランス語の詩を手直しする仕事を友人としていると、完璧とは言えないが、その詩が初めはどちらの言語で書かれたのかがわかる。英語の詩は語り伝えることが得意で、その方向で詩の言葉を探し、磨こうとする。詩はある種の轍 trace をのこすのだ。一方、フランス語の詩は物語を嫌うようだ。詩はなによりもまず刻印であり、ことばの鋳造であり、消えない響きを刻もうとする。詩はしるし marque を残すのだ。アントナン・アルトーの引き裂かれ吠えるような詩がヴァン・ゴッホを語り自己喪失感を吐き出すときでさえ、その詩はかたちを刻印して固定する。アラビア語の詩は、遠くから眺めると、祈祷として成立しているように思える。その朗詠において、冷たい金属のごとき響きが、詩を日常から連れ出す。それ以上のことはわからない。中国語や日本語の詩が目指すところを考えることは断念しよう。俳句がどのように詠まれるのかについて私たちは直観的にはわかるけれども。そして翻訳という水車がまわるとき、あきらかに関係のない水域どうしをつなぐ水路が開かれるだろう。翻訳の詩学もまた開かれるだろう。その詩学は、世界の言語のそれぞれの詩作《ポエティック》に光を照らし、それらが消えたり失われたりしないようにする。そうした新しい詩学の広がりのなかに、まったく予測もできないやり方で包まれる日がきっと来るだろう。昨日、私たちは友愛を示すためにオデュッセウスに呼びかけた。アフリカの詩学は、アメリカスのほぼいたるところに、そして私たちアンティルの人間に、また別の痕跡を残した。それを掘り起こし、解読しなければならない。それは、生き残った物語や印章の破片といったものではなく、かつての悲劇がもたらした豊かで混沌とした灰である。世界中のさまざまな文化は、同じ十字路にある。打ちたたかれた物語やイメージであり、寸断された痕跡であるクレオール諸語の詩学は、何にもまして融通無碍《フラクタル》である。だからクレオール語を書字《エクリ》によって復権させることはとても難しい。一般論をいくら積み重ねても詩人を励ますことにはならないだろう。〈全‐世界〉のなかで人を喜ばせるのは、道を逸れてゆく《ディヴァガシオン》ことばなのだ。

出口の言葉4

ユートピア論は、永遠の希求と探求である。それはまずなんらかの〈尺度《ムジュール》〉への適合を目指す。私の知るかぎり〈ユートピア〉が尺度を逸脱するところに設定された例はない。なぜなら、尺度の逸脱とは予見できないものであり、また仮にそれに成功したとしても最後には消え去る脅威が生まれるだろうからだ。人間の精神にとって、世界が秩序や〈尺度〉の完成に到達すると想定することは難しいだろう。同じように、〈度外れなもの《デムジュール》〉の永遠性、すなわち一般的に誤ってカオスと呼ばれるものの永遠性を想像するのも無理があるだろう。なぜならその永遠のわずかな瞬間に秩序と尺度のごく微量の原理が分泌されると想定せざるを得ないからであり、それによって、カオスは再構成され、結局は別のものになってしまうからだ。

いつの時代にも〈ユートピア〉は秩序と尺度を要求した。ユートピアにはそれらが必要だった。なぜならユートピアは完全性という目標を掲げるがゆえに、その最終的成果の永遠性を保証するための規範や統治行為を、強要とは言わぬまでも少なくとも想定するからである。人々がユートピアとみなしている思想、それは私がシステムの思想と呼ぶものに近いものだが、その思想が自らを維持しようとしておぞましい秩序《オルドル》＝命令を作り上げてしまう理由はそこにある。そうした思想はいかなる距離、いかなる乖離をも許容しない。世界のいたるところで、男たちが、女たちが、子供たちが、町が、町へ続く道が、未来の人間の幸福のためという理由で果てしなく破壊され、虐殺される。そうした思想は、未来の人間のためのユートピアという辿り着けぬ場所を構築したのであり、いまだにそれを続けている。

プラトンやアウグスティヌスやモアらの偉大なるユートピア論は、たしかに浅薄なユートピア思想と区別されるかもしれない。だがこれらの傑作もまた、〈尺度〉を探し求めるなかで、無駄なもの、付随的なもの、偶発的なもの、漠然としたもの、異常なもの、とみなされるものすべてを迷うことなく締め出そうとした。何よりも感情や思想や想像が尺度を逸脱することを恐れたのである。繊細な直観の詩人でもある聖アウグスティヌスは、自らがそうした逸脱に傾くことを絶えず警戒していた。

〈ユートピア〉についての私たちの思想がこれまでのユートピア的思想とはまったく異なり、あるひとつの対象、ある特定の人間社会や個人の改良を目指さない理由は、今やあきらかであろう。さまざまな民から差し出されるすべての対象が同時に存在しているのだ。必要なのは、ひとつの対象を完全なものにするためにそれを選択し、他のすべてを無視することではなく、それらを関係のもとにおくことなのだ。

〈ユートピア〉についての私たちの思想は、対象を完全なかたちに導くための規範の実践とはまったく無縁である。完全性の規範などいったいどこにあるというのだ。中国人が描く山水画が、あるいはアフリカの仮面に凝固した揺れが規範となるのだろうか。昼と夜との神秘的な境界を太陽よりもはっきりと示す、ボローニャの広場にある教会の未完のファサードの分裂(27)が規範となるのだろうか。私たちはそれらすべてのうちに、同時に、規範ではなく機会《プレテクスト》を見出す。私たちはそこに共有‐場を構想するのであり、そこでは、完全性は個々の完全性を昇華することはない——すべてを互いに混濁させようというのではなく、あくまで個々の詩学を尊重しつつ、個々の完全性を別の完全性によって開こうとするものである。

〈ユートピア〉についての私たちの思想は、さまざまな感性、美、曖昧なものや明晰なもののなかから選択せず、それらを堆積させようとする。

こうして私たちは、世界の予見不可能性という生まれつつある灼熱に触れる。私たちは幸福に呼びかけ、さまざまな民の声なき苦しみを見抜く。多くの場所で発言する権利が私たちにあろうとなかろうと。私たちは尺度を生きているが、その秩序に拘束されることはない。私たちは度外れなるものを歌うが、それに熱狂して自らを失うことはない。

マンフニルよ、詩人が語る夢のマンフニルよ、さあふたたびマングローブが茂り、スミレ色の根がたちまち焼けつく水泡のあいだに編み上げられ、絡まった鞘と小枝に震える血が滲む、この場所で君たちは世界の起伏を読み取る、小さな入り江、同じだ、まったく同じなのだ、それははるか遠く、同じように粉々に砕かれたものどものなかに増殖する、私たちはお前の名前を手の窪みに書きとめる、おお、マンフニルよ、私たちは力の限り舟を漕ぐ、そして、私たちの渦のなかに、畏れ多き語り部を招く、その語り部は、君の叫びを私たちに歌ったのだ。

解けがたいもの

世界のいたる所で行動している人たちがいる。彼らの開かれた寛容さ。彼らは、存在を揺るがされた多くの民に手を差しのべようとしている、しかしながら、ともすると彼らの唯一の場所において考えるに留まっているのである。そこは今は離れてしまった場所なのである。

彼らは、自分の場所から他所へと至る繫がりを測っている。彼らは本能的に測っているのである。

彼らは世界に働きかけるが、自分の場所から考えるに留まっている。

クレオール化、その作用が及ぶのは、群島のクレオール的現実だけではないし、そこに発生する言語様態だけでもない。世界がクレオール化しつつある。世界がクレオールになるというのではなくて、世界が、あの解けがたいもの、先を見通せないものになるのである。それは、どんなクレオール化進行《プロセス》にも内在している。そしてどんなモデルにも支えられていないし、オーソライズされていない。

他所へ。硬直した雑種化でもなく、単なる混交でもなく、安易に「多」を語頭につけて済ますような何かでもない、他所へ。

（技術はどのようにしてクレオール化に引き込まれるだろうか……。あなたがコンピューターをカスタマイズするとしよう、一行に何文字、一頁に何行、章と段落の始めに字下げ、行末で単語が切られないようにと、あなたはこの秩序に対する戦いを開始する、手書きの時は、書くこと《エクリチュール》の欠けることなき自由をあなたは存分に行使していた、のっけからむやみに後先考えず語を書いては消していた、そして、滑った手の偶然にしめたとほくそ笑んでいた、ところがにわかに、この自由がPCによる束縛の前にこわばる、PCはあなたにさらに重ねて語を消すように強いる、修正の跡はすぐに目に見えなくなる、ついには、あなたは行と頁のレイアウトを受け入れる、あなたがそのようにカスタマイズしたのだから、そして、あなたは認めるのである、PCに促されて、簡潔さを求めたり、書き足したり、思いもよらぬ語を見つけて組み込んでいることを。PCはまるで書くこと《エクリチュール》の無意識だ、あなたがPCにそのような権力を与えたが、結局はあなたがそれを制御している、そうすることで、あなたは世界の技術のささやかな神秘の数々に参入する、それは人を不安に陥れる、ちょうど無限なるものがそうであるように、あなたはそこで考え込んでしまう、こんなマシンに自分を合わせるように強いられるのなら、いっそこのゲームを楽しんではいけないだろうかと、そうすれば楽になる。ゲームは主人を奴隷に溶かし込むのである）

次に、海を前にする。私たちはここで育った。あなたには、この場所の境界さえほとんど見分けられない。どのようにも受け止めようがない名前が与えられたこの場所。語源さえ不明な名前、ラマンタンの入江《コエ》と人は言うらしいが、そもそもそれは本当なのか。ここは区切られた空間ではない、限界をもたない空間である。海水が精気に満ちて広がっている、どこまでも無限へと身を委ねている。だから、どうでもいいではないか、この水が本当に海の水なのか、それとも川の水なのかなんて。水は夢想に満ちている。その美しさは、私たちにとって混交である。石油精製所と運河の間のどこかで。運河の方に行けば漁師たちのヨール舟の帆がゆるやかに滑っている、それとも、さらに向こうにまで広がっているのだろうか、向こうには熱水穴が散在するマングローブ地帯がある、熱水穴の周囲には、奉納、でなければ呪術の蝋燭が、黒赤紫に群がって、太陽に燃えている。

海を前にして私たちは道を求める、未知なるものから、解けがたいものへ。

出口《エクスイピット》の言葉

大陸的思想は、〈一者〉の絶対的な輝きをディアスポラ状に繰り広げる。群島的思想は、〈多様性〉の無限のヴァリアントを凝縮する。しかし、両者が結びつくのは、まだ先のことだ。

公開の斬首。どんな言葉も、このおぞましさを跡づけるにあたって、他の言葉よりよい言葉などあるはずがない。言葉はどれも等価であり、空々しく、にぶい、それにあなたは誰も説得できやしない。自爆テロでずたずたになった死者が積み上げられた荷台が寄せる波になって犇く、政府の無用な対応と白々しさが繰り返される、不可解な犯罪はもはや犯行宣言の対象にさえならない、あなたは世界の緩慢な、時に噴火性の殺戮を忘れてしまう、あなたは暴力が何であるかがもはや分からなくなる、社会のもつ暴力の数々が無感覚にするのである。若者たちは、ビデオやウェブでそうした斬首を模倣して見せる、現実と見紛うほどである。それを模倣するけたたましい音楽にせよ、真に迫った、耳を劈《つんざ》く叫びにせよ、錯乱に満ちた文字通りの再現にせよ、あの暴力に接近することはない。いかなるものもいかなるものにも接近することはない。

言葉は、密かに別の任務を当て込んでいるのである。各人の想像域に介入しようというのではない。想像域は無際限で、誰にも方向づけることができないし、そこに自己の自由が基礎づけられている。そうではなくて、言葉は世界の諸想像域をあの未踏の場の方向へと傾けていくのである、いまだ私たちが恐れをなしている場、そこでは存在が〈他者〉に邂逅するが、構成されないものの中に自己を見失わないような場である。存在とはまったく別の場所ではないし、まったく別の他者でもないのである。あまりに不分明で予期せぬものなので、そのような限界において行動することはできないのである。

主権的実存はリゾームである。存在はリゾームにおいて試みるが、リゾームの手前に留まるのである。

*

私たちが理解していると信じる科学思想によれば、宇宙とは時空を創出するマシンである。しかし、この時空観念は私たちにとって明白であり、私たちの内にある持続の必要性を満たしてくれるが、同時に、語の内に、あるいはむしろ語と語の関係の内に矛盾を孕んでいる。私たちが空間の具体と信じているものと、時間の抽象と信じているものとをどのように調和させればいいのか見えてこないのである。このような素朴な思考による考察は、次のようなことを打ち立てようとしている者にとって無下にできないものがある。すなわち、時間が経過すれば空間も同様であるということ、なぜなら、宇宙は絶え間なく拡大しているのだから。そして空間が変われば時間も変わるということ。少なくとも、物の本を読んだところによればそうなのである。確かに、空間は時間の外に想定できない一方、時間は空間によって生み出され、空間延長の唯一可能な尺度でもある、しかし、それにもかかわらず、空間と時間は異質である（ここでもまた私たちの無邪気な推測によればの話だが）――両者が触れ合うところはどこにもない――と考えることもできる。両者の関係が維持されるとしたら、それは相互に関与することを強いる暴力の代価が支払われているからである。始原的暴力。ビッグバン、無限に延長されていくもの。

存在としての空間が存在としての時間においても自己を実現するのは、この暴力に服従している時である、暴力から運動、次に変化がもたらされるのであり、そしてまもなく完全な変容が生じるのである。懐胎と誕生、変身と構造形成、そして拡張、収縮、最後に劣化と散逸、こうしたことは、この暴力のプロセスの外において考えることはできない。避けて通れないプロセスであり、それは理性の推定を超えたところで進行する。

安定性、そこに私たちは永続性と実体なるもののヴィジョンを結びつけ、その先に「存在」のヴィジョンを置くのだが、そのような安定性と私たちが呼ぶものは、この暴力の内部でなされる、その時点における、あるいは現実化された〔時間と空間の〕配合であり、進行《プロセス》の中断である。時間は密かにその縁に取り込まれる（時間を空間から排除することによって）。空間と時間は、不分明な形で、あるいは高密度に分離不可能であるにもかかわらず、交換し得ないように見える。存在は休息である。存在者が唯一の出来事となる係争の中で、停止した暴力である。

人間社会にとって、時空は、必ず、顕在的暴力の連続から姿を現す。顕在的暴力は、不在で、未知の潜在的暴力の諸系列によって強められたり、中断されたりするのだが、それというのも、潜在的暴力の力動《ディナミック》が人のあずかり知らぬところで消えては再び点火されるからである。顕在的暴力が空間的で、潜在的暴力が時間的であると信じるのは、私たちにとって安易にすぎるだろう。実際のところ、この二種類の暴力を区別することが、いつでも、私たちの探求のための天秤になってきた。私たちは、二つの暴力の可視的な、あるいは外見的な原因について理由を与えることができても、その質を決定することはできない。潜在的暴力の効果は、おそらく、世界の顕在的暴力の衝撃を私たちに耐えさせてくれるような点にまさしくあるのだろう。そのために、真理の探究がかくもしばしば晦渋に見え、反知性主義が大きな顔をするのである。

私たちは、因果関係の連鎖を尊重する、そして、私たちが一連の暴力について事後的に作りだす表象を歴史的継続性と呼ぶ。私たちは、暴力をその場で捉える試みをすると同時に、ヴェールに包もうともしているのだ。私たちが構想するような歴史とは争いである。時空の創設関係から生れ暴力としての始原的源泉に接近する、あるいは、それを再－現前化する争い。始原的暴力。

しかし、他方で、もしも私たちがそれによって生きているところの直感が、それがどんなに一過性の直感であろうとも、空間と時間が一つの終末、予見可能な境域をもち、空間と時間が切り離すこともできれば、一つにもできるという直感であるのであれば、私たちにはもはや歴史が構想できなくなるだろうし、いかなる民族の歴史にしろ、暴力の係争の、あのような形式、あのような表象においてさえ構想できないだろう。私たちが歴史を思い描くためには、時間の中に空間があり、そしてその逆でもあると想像する必要がある。時間と空間は、互いに異質でありながら不可分であり、それら自体において無限なのである。もっとも神によって引き起こされる最後の暴力を想定するなら別であろうが。つまり、プロセスもなければ、係争の休止もない永遠、その彼方を想定するなら別だろう。時空の無限が歴史の流れを支えているのであり、そうでなければ、歴史は、私たちにとって、平板な対象、過去も役も奪われた有限の対象にすぎなくなるだろう。そこでは、暴力の神秘性にはもはや重要性がなくなるし、そこで争われているものが問われることもなくなるだろう。そして、そこからは希望も排除されることになる。

現代の意識と感性は、顕在的ないし潜在的な暴力の新たな昂進によってかつてないほど過敏になっているが、そんな現代の意識と感性にとって、私たちの世界内実存様態は宙づり状態にある。出発点、純粋なる開始の覚知不能と、解けがたい終末の想起不能との間にある現在としての、あるいは活動としての宙吊りである。開始と終末のどちらも暴力によって刻印されているのである。このようにして、私たちは、永遠に無力のままに存在と触れ合っている。この開始の不可知性に抗して、人類はかつて〈創世記〉を編み出した、そして、来るべき時間の眩暈に抗して、それが可能な所に、〈歴史哲学〉を創設した。

しかしながら、中断なきプロセスとしての世界を、二つの無限ないし二つの不可知性に挟まれた真の中断として、宙吊りとして、生きることを受け入れた人類がないわけではない。それも、守護してくれる〈創世〉も〈終末〉もなしにである。このように世界に身を委ねる共同体に対しては、未開の思考ないし魔術的思考というような、矮小化された性質を急いで付与するのが常であった。そのような思考は、感じることだけに甘んじ、したがって知を放棄しているというのである。しかし、〈創世記〉にしても、〈歴史哲学〉にしても、より合理的で、より予見に富んでいるとは言えないのである。

世界のすべての人々の、不意なる、すべてのここ、すべての時と空間、すなわち全－世界。

出口の言葉

いまや、そう、いまなのだ、私たちは、無限に可能な創世の数々を繋ぐ夢を見ている。それは私たちにとって、炸裂した、そして相対的で多様な多重創世となる。孤立したかつての創世の数々が絶対的で排他的だったのとは好対照な、多重創世である。

アポカルの母が、ある日、彼に言った。火山と同じ刻限におまえを産んだよ。火山とはプレ山のことである、この時の噴火では被害はなく、人も死ななかった。一九〇二年の、大量の死者を出した大噴火の後の小さな噴火の時のことである。「山が火を産んだのさ、被害も騒動もなかったさ。私と同じ時に産んだのだね。時計の分針まで同じだった。おまえはね、火を恐れなくていいのだよ、恐ろしいのは空気だからね、火と共に焼きつくすのだよ。火はおまえの中にある、おまえは火なのだからね」。アポカルが死んだのは七〇年後のことである、トゥールーズの病院で、肺の手術の後だった。彼は、手術を嫌がっていたそうだ。

母親は、都市やさまざまな土地と同じように世界中にちりぢりに捨て置かれていても、子の未来を見通しているものである、だからこそ、今から払いのけようとしているのだ、あのぱっくりと開いた時が来るのを、子どももろとも彼女が呑み込まれる時の到来を、テロリズム、人質拘束、ボート・ピープルの溺死、爆弾を仕掛けられた自動車、血も涙もない銃殺、それだけではない、人を呑む大波、突風のように襲う飛行機、見境のない伝染病貧困飢餓、既成団体の、政府の、民間の汚職腐敗、日々無表情に人を殺す子ども部隊、道端で惨殺された子どもたちの群、そして、これ見よがしの巨額の富、だからこそ母親はあのように宣言する、自然の大いなる苦悶の只中で子を産んだのだと、ハリケーン地震噴火、底知れぬ大火災、洪水、いつ果てるとも知らない渇水の只中で産んだのだと、母親はこうした諸力を読んでいる、それをありがたいものとして受け取っている、それを払いのけるためにこそそうするのである、なぜなら、苦悶は立ち去った後に力をもたらしてくれると世に言われているからである。

カリブ海の火山や溶岩の道の話をしよう。火山によって溶岩の道が、島から島へと、群島の弧に沿って海の底に引かれている。もしかしたらアフリカからアメリカ大陸へと続く大西洋の海底に横たわる奴隷船の犠牲者の点々と連なる海底の跡に重なるのかもしれない。私たちの民話によく出てくる強迫観念的なイメージではあろうが、いま一度、私が取り上げたいのは、カマウ・ブラスウェイトとデレック・ウォルコット(1)のヴィジョンである。一人はバルバドスの人、もう一人はセントルシアの人である。二人のヴィジョンは、私がこれまでもよく引用してきた――「歴史は海である」(あるいはむしろ、詩「海は歴史である」)と「統一は海の中にある」。この二つを混ぜてしまおうではないか、どこがどちらということなしに、海が私たちとともに思考しているという意味のもとに。

この火山の交情は、一方で天災地変を引き起こすが、世界をめぐる思想を捕らえてみせる、西洋の形而上学や仏陀の生きた言葉、あるいは孔子の教えに比べれば、完璧でもなければ、複雑でもなく、精密さ、繊細さに欠ける思想だろうか。〈思想〉がそうあるとしたら、それはあくまであらゆる思想を宿すからである。等価でありながら、競合もし、正反対でもありうる思想が周囲の風景の中に書き込まれているのであり、そのような思想を宿しているのである。この思想は、奇跡的で根幹的な〈真理〉のシステムであればよいと思っているわけではない。この崩れやすい命題を抱いている者たちは、諸空間の内に、世界の多様性を見出したのである。しかし、セクト主義的で反知性的な反応が満ち満ちており、それらは神秘的な参加の幻想に囚われているか、さもなくば精神的支配力をもつイデオロギーによって突き動かされていて、それが他のことを見えなくしているのであり、人類にあらかじめ定められた道があるかのように信じ込ませがちなのである。

ヴィクトル・セガレンが〈多様なるもの〉は衰弱し、消えると言ったとき、おそらく、彼は字句にこだわりすぎた。私たちが軽薄な人間だからこそ、実に自ら進んで画一化のすさまじい大波に適応していくのではなかろうか。単調な大殺戮、過度な平準化にもかかわらず互いに飽くことなく称賛し合う音楽、角が取れて釉薬が塗られたようなスペクタクル、私たちの生存条件の、あまりに機械的に迎合的な表現への適応。多様性について言えば、それは消え失せることはなく、衰弱するものでもなく、持ちこたえ、まもなくそれを生きるべき場となる密かな粘土の中で増殖していくのだ。〔軽薄な〕私たちは、それを掘り出そうとは思わない、未来の入植地の古き探検家、殺戮を告げる者たちの足どりでまっすぐ前に向かって歩いている。まるで、私たちが内に大都市を抱いているかのようである。そして、私たちの驚きへの願望を満たしてくれる諸形態をそこかしこに見出して喜びを覚えるのである。〈多様なるもの〉に反応しているのは驚きだけでなく、直感でもある。直感は解きがたいものに触れている。直感のお蔭で、痛撃を受けた私たちのサバンナにも、泉水がわき出てくる。

争い、論争あるいは抗議、討論、共有と逸脱の言葉、そして隔たり、そういったものをあなたは本書に数え上げるだろう。しかし、やがて別の無限のプロセスが開始されることもありうるのだ。無限に集合し、そして暴力から身を引き離し、ここあちらで、その輝きを測るのである。

次頁に続く詩は、水平線で創造を繰り返す諸世界から私たちが受け取る分け前である。世界の行方を言い当てるつもりはない。むしろ、その多数性を感じ取ることに努めようではないか。私たちの個別の詩学から遠く離れて繰り広げられているように見えはする。たとえば、評価計算など止めて、世界経済が一層第三次産業化すると主張したからといって悪いことなどないのだ。マクロレベルで拡大する製造産業が、今日、勝ち誇っているとしても、その内部で、あるいはその傍らで第三次産業化が進んでいるのではないか。製造のテクニックと流通のテクニックがそこを通して接近していき、中国やアフリカの、あるいは南アメリカといった世界の小売業の「うまくやりくりする方法」にヒントを得てもいい。そうなるかもしれない。そうなれば、都市は集中と窒息に向かうのではなく、拡大と限りない沈黙の中でますます開かれていくだろう。至る所に、記憶の都市が、未来学の都市に劣らず伸張していくだろう。一人の人間が一つの都市になることもありうる。たった一人で。私はトゥサン・ルーヴェルチュールを想うのだ。世界の創造者であり、一八〇〇年頃、ジュラ山脈の氷の中に消えていった人。彼は一つの都市としか言いようがなかった。忘れられた亡霊も、いくつもの並木道を伸ばしていくことだろう。新たなる海なのだ。深淵から昇ってくる海。

もう一人の亡き霊に手向けて

過ぎた風は過ぎた風です、海の彼方を
目をこらして探ったのも過ぎた昔のことです

あなたが受けた傷に土をすり込むには及びません、傷は
あの古い城壁に穴を穿ち始めているのですから
血が立っていました
あの霧氷、斜堤、彼方の往来に

かつて国家と言われたもの、国民に仕立てられたものが
死者の白装束となってあなたの上に折り畳まれています
死者たちが不滅の氷の中であなたを讃えたのです
壁を貫ける砲火はありませんでした

肉体は滅び、忌まわしい獲物になっても
あなたはご自分の骨を寄せ集めて自由という名の木にしたのです
虚しい骨折りでしたが、あなたはどんな支配も及ばないところでさまよっています
ジューの要塞の苛烈な壁の下で

聴き取りがたい音楽へ

解けないものがこうして生まれた、私たちの新たな時代から果てしもなく生まれたのだ。それは、あの、もはや知とは言えなくなった知で肥えている、これまで未知なるものの作用でしかなかったものを、その不可能なる音によって満たしている。世界の未知なるものはかつて根本的で単純なものとして顕れていた、それを味わえるのは大きな特権だった、今日では、解けがたいものが抵抗している。

今なお海を前にして辿るべき森がある、それは、もう一つ別の水平線の下、もう一つ別の土地に移っているものなのだ、あれら、湛えられた海水にも似て隊列を作る樹木、その内の一本の木から別の木へと移るもの、それが、誰にも理解してもらえないリサイタルの花を咲かせている。私たちは音楽を聴き分けられない、私たちには、それらの音楽が響きを互いに合わせていることが聴き分けられない、私たちは、音楽が静かに分泌している暴力、騒音によって届けられる暴力を聴き誤っている。私は音楽が好きだ、なぜなら、世界のざわめきに類似したものが好きだから。沈黙とは幅の狭い織物であり、存在の縁であり、森の中で始原の歌と交わっている。音楽と音楽が触れ合うところを水が森の中へと昇っていく、木々の疎《まば》らな空間は呼びかけの太鼓。

沈黙がようやく物音と溶け混じるとき、ありとあらゆる音楽に神秘の青味がかった色が生じる。沈黙がざわめきを響きにするのだ。沈黙が、はじけるざわめきをしなやかな不変に変形させる。河、激流、重苦しい沼沢、あの森の中を、あるいは熱帯の叢林の中を昇っていく水。

円舞のなくもがなのしつこいしびれはそのままにしておけばよい。しまいには周到に取り除かれるのだ。そして、ラタニア属のヤシの葉の下で鳴く蜜鳥をもうっとりさせる時が来る。

出口の言葉5

変容はどんなものでも、開始するにせよ、終結するにせよ、ネットであり、プロセスであり、一つの錬金術である。

唯一者の思想は、長いあいだこの変容の潜在的暴力を別の顕在的暴力の縁の中に押しとどめていた。後者は系譜の暴力であり、領土があるがままであることを妨げ、容赦なくそれをひとつの〈創世記〉に従わせていたのだ。

〈多様なるもの〉の思想は、変容とクレオール化から生れる戦慄を問う、そして、変容とクレオール化とは大地の解き放たれた暴力ではないかと問う。その解決は既に見出されているのではないか。

風さんたちの会議　クララ・アルティエールの朗読ノートより
――その日、七年目を迎える誕生祝いだった

宇宙の風さんたちがみんな集まったわ。台風、貿易風、地中海のトラモンタン風、氷霧、これは風さんではないけれど来てもよいことになったの、アラビアのシムーン、火事を引き起こす地中海のシロッコ、フランス・ガスコーニュのオタン、ノルマンディーの北西風、どこかの峡谷か、狭いデルタ地帯に吹く里の名前がついたよき風さん、年に一度のサイクロンの風さん、エディス、ユゴー、ジェーン、伝説の風さん、西風のゼフュロスと北風のアキロン、そして無名の風さんたち、誰も来ない深い谷で風さんたちが歌っているわ、人気《ひとけ》のない谷の美しさ、まがりくねった川、押し寄せる海、メランコリーを歌っているわ。風さんたちは、やはり名もない里の小さなため息さんには気がつかなかったの。でも、そんな小さな風だって大きなお兄さんたちの声を聴いていたのよ。世界ってどんなところか教わったのよ。小さなため息さんは夜の果てまで行ったの。南の島や海に向かったの。たくさんの島が群れているところまで行ったの。モルヌ・ペルーやラマンタンの入江が見えるところまで行ったの。

場所、機会、口実をめぐって

テクストというものは、その時々の世界の偶然に振り回される。テクストはもう一度書き直されたり、そのまま書き写されたり、切り分けられたりする中で、一冊の本の内部に自らの場所を見つけるに至るのである。そのようにして、本書には画家たちの絵画が含まれている。カーサ・デ・ラティノアメリカでのマッタ。ダッペール美術館でのラム。そしてフォール＝ド＝フランスで催された彼の初期作品の回顧展。スイスとイタリアでのアダミ。ニューヨークでのグルファンとパリでのモラウェッツ。コロンビア大学でのシルヴィ・セマ。スペインでのアルコ02では、ラテン・アメリカの一〇人の画家が一緒に展示された。あの時は、私が彼らの作品に解説文をつけた。その内の六〇点ほどが、カリブ海の画家と共に、マルティニクのアメリカス芸術美術館[1]の所蔵品となった（M2A2）[2]。ここでカリブ海の画家を何人か挙げておこう。ヴィクトル・アニセ、エルネスト・ブルラウール、ジョエル・ジラール、セルジュ・エレノン、ルイ・ラヲーシェ、ミシェル・ロヴラなど。絵画は私たちの道標になる。ヴィクトル・セガレンが描いてくれた中国の石碑のようなもの、と言おうか。たまたま私たちがそこに立ち戻ることがあれば、過去のパースペクティヴを私たちに示してくれるのである。それは学術的な逃避でもなければ、ありもしない深みをつくろったものでもない。絵画と芸術をめぐって書いたものは、「砂の雨」と題された章にまとめられている。「砂の雨」というのは、おそらくパカラスを言い換えたもので、ペルーの名所の一つだ。マルティニクのモルヌの斜面、アンデスの高山の無限と共に私たちにとってかけがえのないものである。

しかし、この国《ペイ》は厳としてある。あらゆる声がそこから昇ってくる。詩人モンショアシのルマラン・フェスティヴァルはそんな機会だった。彼はゼミ島の手ほどきをしてくれた。フォール＝ド＝フランスで開催された精神分析国際シンポジウムもそうだった。カラヴェル半島でのコミュニケーション国際講演もあった。国《ペイ》は遠方へと飛び立つこともある。ニューヨーク大学でエメ・セゼールの詩が言祝がれた時がそうだった。サン＝マロで、島々と群島の飛翔が繰り広げられた時もあった。「驚異の旅人たち」の沖合を通過していった。それ以前に、サン＝マロでクロード・コファンとモン＝サン＝ミッシェルを語る詩人たちが私を招いたことがあった。私が教職に就いているニューヨーク市立大学では、さいわいにも、フランス語科の学生たちと共に詩のクラブを開催することができた。フランス語科の事務主任フランチェスカ・カナデ・ソトマンが周到な手配をしてくれたことが大きい。参加してくれたのは、カトリーヌ・ファーリー、ジャディィザ＝アギラール・カストロ、モートン・スターク、ハミッド・バフリ、ウィリアム・ラリーシュ。カトリーヌ・ファーリーは、言語のロマンティストである。彼女は、戯れに規則を外したフランス語で詩を書く夢を見ている。モートン・スタークは厳格なイギリス修辞学の教育を受けており、現代の陶酔に夢中になって考えを巡らしている。ハミット・バフリはアラブ詩学の壮麗な庭園を散歩し、それをフランス語による諸形式の中に取り込もうとしている。ウィリアム・ラリーシュは、アウシュヴィッツの犠牲となって八歳で亡くなった子ども、したがって全世界の不当な死を遂げた者たちについて壮大な詩を書いた。ジャディィザ＝アギラール・カストロはプエルトリコの人だが、一度詩を読んでくれたことがある。古代ギリシャにおける「敗北したトロイヤ人たち」の嘆きを語る詩だった（彼女は、デューク大学で帝国の概念を論じる論文を書いている）。そして、私にとっては、その返礼としての「亡霊に手向けることば」の機会になったわけで、ここに納められることになった（したがって、洞窟をめぐる者としてのオデュッセウス）。これは後になって、「もう一人の亡き霊に手向けて」になり、私は雪混じりの風の中に言葉を投じたのだった。ジュラ山脈のジュー要塞（この要塞の洞窟になった牢獄に見捨てられて死んだトウッサン・ルーヴェルチュールをテーマにしている）を訪れた後では、他の言い様はない。

マルティニクで、あえてと言おうか、気まぐれにと言おうか、五年ほど前に生物学的企画を提案したことがある。その詳細をここに披露するには及ばないだろう。一つには、パトリック・シャモワゾー氏、そしてグアドループのベルテーヌ・ジュミネ氏(3)、ジェラール・デルヴェル氏に参加していただき、彼らの創造的な活動の恩恵に授かった。『ル・モンド』紙に、この企画のマニフェストを発表したのである。また、国において、一年以上にわたり、ゼミナールで取り上げられ、その後、私たちの提案をまとめて、諸機関や責任ある地位についている人たちに提出したのである。反応は、総じて、恐れや無関心、嘲笑だった。ゆっくり消滅していく国は、このような先送りをすることができるのだ。世界の大半の国において恐怖が定着し、緊急性が高まる状況があるのと比べると、マルティニクの状況は居心地がよいとは言えないが、飢餓、疫病、殺戮からは守られており、ある程度、時間的余裕がある。先日、卓越した精神の持ち主が、彼はパリジャンなのだが、私を陽気にからかった。「それじゃ、相変わらず君の国のあちこちに小さな花束を飾ることにかまけているんだね……」。なるほど、そういうことではあるだろう。しかし、試みが多かれ少なかれ世に知られるようになると、混乱が生まれるようになり、バナナ産業の危機だとか、殺虫剤の拡散が地下水層にまで達しているとか、多かれ少なかれ絶望的な気分になるが、それでも試みは私たちが勧めていた方向に進展していった。ただ、こうした領域における企画につきものの側面、このような作業のグローバルで全体的な性格に目を向けられないということはあった。しかし、世界の災禍の中では小さなことである。

他方、アメリカ合衆国の大学人たちの間、少なくとも文学や人文科学における発表の興味深い課題は、私から見ると、アイデンティティ理論と関係の詩学との関わりにあった。コーネル大学では、ジャック・クルスィル氏がこの分野で講義していた。(4)セント・ローレンス大学、ピッツバーグ大学、ニューヨーク州立大学ストーニーブルック校、ポキプシーでも、何人かの友人たちが働いている。さらにまた、合衆国各地に散在する活発な討議の場がどれだけあることか。この国は混淆をあまりに恐れ、共同体が真の意味では相互交流をもたずに隣接したまま、そのことを問題にすることも決してない。しかし今後、まさに世界のこの地域においてクレオール化が起こらないとは限らないのである。少なくとも、時宜に至る前に、けたたましい近代化への画一的な調教が、そこに種が蒔かれている多様性を根こそぎにして、別のものに変形してしまわないとしての話だが。

よくあることだが、テクストというものは、そこですべてがテクストになって通過するため、発言がなされた後になっても反復されることになる。ただ、紙の上で形をとると、まったく異なる様相を呈する。次には、一冊の本の中に取り込まれる。本は徐々に書き足されていくこともあれば、一気に書き上げられることもある。発言された言葉が明確であっても、執筆されたテクストとなると、発言を下敷きにしながらも、意味が不分明になり、難解になりがちである。逆に発言された言葉がかなり混濁していて、中に入っていけなかったり、出来が悪いとしか言いようがなかったりすることもあるが、書く段階になると大胆で鋭利なものに様変わりすることもある。このように、書かれたものは、発言されたものの単なる要約でもなければ、字句そのままの報告でもない。そこに飛躍やねじれが生じる。それは、この二つの表現様態が何度か出会う中でなされるのであり、そこで息づかいが見出されることもあれば、唐突な反論になることもあり、口頭表現における思考のためらいや引き延ばし、緩やかな酵母のようなものとなる記憶内部への深い沈下、ペンの実り多き果敢な動きと離反、そして近年になってのことだが、コンピュータの厳格さだったりする。書くことと声に出すことの間で、行き着く先は同じ地点ではない。どちらか一方に他方を還元できないし、一緒くたにもできない。そこでできあがるものは予期しないものである。書くことから声に出すことへの移行にしろ、逆の移行にしろ、それはクレオール化の領域に属する。

こうしてできあがるもの、それはこれらテクストたちの利得多き混交体である。発言する場が変わっても、そのまま長々と使い回しされる言葉がある。誰でも知っている通りだ。というのも、あらかじめ発言内容を機械的に書き留めたのでもなければ、精魂込めて書いたものを用意したのではないのだから。傍にある紙を手に取って書き散らしたプランは、あまり明快でないとしても、それでよいことにする。同じことを繰り返して言うことになるが、招かれた場では、あまりよい目でみられないことに気がつかないことがある。次の段階では、それを一つの方法、否、プロセスにしてしまう。こうなると、方法といっても、本能的な日々の処理法になる。発言の偶然的事象が、執筆のレベルでは修辞的な豊かさに姿を変えて、にわかに本ができあがる。あるいはその見通しがつく。凹凸のある種々雑多なものが積み重ねられ、ある統一性が見出され、連携が生まれ、光を放つのである。

テクストは旅をする。海を飛び越え、アメリカスからヨーロッパへ、あるいは、アフリカへ、そして時にはアジアへ。オセアニアは、あまりに見過ごされている。だが、現代のありとあらゆる種類の病に冒されている私たちよりもはるかに健康だ。高所の圧力、時差、そうしたものを彼らは気軽に取り込み、書くものの中で着こなして見せる。そうこうしているうちに、私たちはそれを知ることになる。少なくとも、彼らの方向性やキーワードくらいは、彼らが発言したり、原稿を読んだりするのを聴いて、それを手早く定式化してくれた人を通して知るようになる。それは、たいてい、一つの言語から他の言語への移行の中で定式化され、まさに、テクストがあなたを伴《とも》にして、大陸から大陸へと飛び越えるのに類似している。このような拝借は喜んで取り込まれるが、明言されることはないし、その通りだと認められることも決してない。それに、誰だって、無意識に同じことをする傾向がないと断言はできないだろう。そこから共通の場という概念が抱かれる――「そこで、世界についての思想が出会う……」〔場である〕。どんなテクストも、刊行されたものにせよ、発言されたものにせよ、共通の場になる。多様性の表現群は、それがどんな様態によるものであろうと、たとえ模倣であろうと受け入れられる。だから、表現もまた解けがたいのである。

私たちの地平線にいつでも見えているのは、打ち負かされたトロイ、カルタゴである。強奪されたトンブクトゥ。火をつけられ、跡形もなくされたナバホ族のキャンプ。銀鉱の中に呑み込まれたケチュアの町。戦車によって壁をぶち抜かれた家。カリブ海あるいは地中海で、死に脅かされて海を漂流するボート・ピープル。

絶対的出口
場所はなしにすることができない。執着することによって場所なるものを乗り越えようではないか。

まもなく、太陽の運行と逆の方向に大西洋を静かに横断して、カルタゴに至る。チュニスから遠くない。北と南、東洋と西洋が均衡を保っている場所。そこで、この日、サン＝ジョン・ペルスが称賛される。そしてヌミディアの土地の西側で、今度は、カビールの崇高なる放浪者カテブ・ヤシンの足跡を辿る。更には、あの地中海が、マドリッドやバルセロナでエル・コーブレ社〔銅〕を積み上げる(5)。地中海はボローニアまで延びていく。そこで私たちは、カルラやカクミネーラ、エレナと共に、世界のさまざまなユートピアを夢見る。マジョーレ湖に面したメイナで、揺れの思想をめぐる討議をした。次に北に上り、ベルリン、ロンドン、オックスフォードに向かい、地中海を離れるが、視界から消え去るのが見えるわけではない。こうして、テクストは、これら諸大陸において島づたいに移動していくのである。

「モルヌ、低地、デルタの訴え」は、パリ第三大学（ヌーヴェル・ソルボンヌ）の研究セミナー「フランス語圏の詩と文学における風景」での報告が切っ掛けだった。セミナーの報告書はソルボンヌ出版から刊行されている。

「日を継いで　二〇〇二年の片隅で」は日刊紙『リベラシオン』に連載されている。

どれだけの数の世界の『千のプラトー』が、討議への私の参加を受け入れただろうか。混交と多様なるものの思想における震源地の一つ、パリ第八大学（サン＝ドニ）、フランス国立図書館、ポエジーの家、ユゼスト・フェスティヴァル、モンペリエにおけるペトラルカをめぐっての出会い、「周縁があなたに話しかける」における対談、ベネチアとモンペリエにおける『ユートピア・ステイション』、アヴィニョンの「受肉した御言葉」礼拝堂(6)における催し。

「ただ一つの季節」はブノワ・コノール氏に渡されている。

マルティニク・アメリカス芸術美術館

アメリカス芸術の大半を構想して展示すること、それは困難を伴うが、やりがいのある仕事である。芸術的差異の決定要因がそこに見てとれる。しかし、二つの大陸、そしてその二つを連結する前口上とも言えるカリブ海の国々において、そうした諸要因は創造的機能の表出体を引き離すのではなく、互いを結びつける。そして、そうした作品を並べて陳列する試み、それを今回行っているのだが、それによって大いなる風《かぜ》が見えてくるのである。風は、ある箇所から別の箇所へと吹き、その全体を輝く統一体―多様体としている。

マルティニク・アメリカス芸術美術館（M2A2）は、その設立が実現すれば、この世界の一種の収束点に位置するという有利性を発揮してくれるだろう。カリブ海の湾曲部の中央にあり、アメリカ大陸の北と南が均衡する点に位置するのである。当面は、巡回美術館である。すでに、パリのカーサ・デ・ラティノアメリカ、次にドミニカ共和国、ハイチ、ペルー、ジャマイカ、トリニダで展示を行い、今後も世界各地を回ることだろう。

今回、サロン・ドートンヌ二〇〇四年に出展された作品は、美術館最初の所蔵品である。その内容は、ヨーロッパ、フランスに四〇年来在住するラテン・アメリカの画家、彫刻家たち、そして現在のカリブ海芸術家たちの作品によって構成されている。今後も、美術館は所蔵品を拡充し、開館を待たずに、その特性を生かしたテーマに関わる一連の仕事、シンポジウム、出版、所蔵品の一部の展覧を試みるだろう。

美術館にとって地平線上にある事業の一つは、アメリカス芸術の歴史的・比較論的百科事典である。それは、将来アンスティテュ・デュ・トゥモンド(7)において実現され、美術館のパースペクティヴを明らかにするだろう。この事業が共同作業になるのか、そうならないのかは別にして、本書の一部は、その最初の産物である。この計画は、関係地域全体において、人々の生きいきとした熱意を引き起こした。また、アメリカスの芸術家を個別に扱った一般向けの本も企画されるだろう。Ｍ２Ａ２は、自らの庭園を整えているのである。

歩いて回ろうではないか。谷《ラヴィーヌ》の流れ、貧民窟《ファベーラ》、峡谷《キャニオン》、いつ噴火するともしれない火山、サバンヌ、セコイアの繁み、太陽と月が神殿を輝かせるモルヌの頂き、地震に揺れながらも均衡を保つ輝かしい町、熱気に囲繞された町、熱気で焦げた大通り、タコスとマリナードの臭いがする。私たちは、あの海と壁画を既成の枠から外すのだ。私たちが彫刻にしたてるのは、あのエネルギーである。思いもかけない人々と街を発明したエネルギー。苦痛と悲惨が閉じ込められた場所がそこにある。

訳注

無限定な数の鳥にも似て

（1）『分水嶺 *Le Partage des eaux*』はアレホ・カルペンティエールの小説『失われた足跡を求めて』（一九五三年、スペイン語原題は *Los Pasos Perdidos*）の仏訳版のタイトルでもある。

（2）マルティニクの人たちは、自分たちの住んでいる土地を「国《ペイ》」と呼び、「島《イル》」と呼ばれるのを好まない。フランス語の「国《ペイ》」には、かつて日本人が「お国はどちらですか」と尋ねる時にもちいた「国《クニ》」に近い意味がある。おそらく、マルティニクの人々には、自分たちの住んでいる空間は自律した文化・社会空間であって、その中に過不足なくすべてがそろっているという意識がある。「島《イル》」と言われると、不完全で、従属した場所と見下されるような気がするのだろう。グリッサンにおいても、この「国《ペイ》」に、彼がマルティニクに抱いている思いが込められている。

（3）『ブラック・アトランティック』上野俊哉他訳、月曜社、二〇〇六年。

（4）グリッサンの小説『全‐世界』（*Tout-Monde*, Gallimard, 1993）にその名前が登場するが、素性は明かされない。ルネ・ドセカティによれば『オルムロッド』ではグリッサンの分身である詩人として登場する。

（5）「世界化」はフランス語では「モンディアリザシオン」だが、ここでは英語のルビを振った。

（6）『批評と臨床』守中高明、谷昌親訳、河出文庫、二〇一〇年、一七頁。

（7）原文の l'argile（粘土）は、言葉ないし創作のマティエールを指しているのだろう。サン＝ジョン・ペルスの一九六〇年ノーベル賞受賞における、詩人の営為と使命を述べた講演が想起されているのかもしれない。「核エネルギーに直面して、詩人の粘土のランプは果たしてその務めを果たすに足りるでしょうか？——然り、果たすに足りる、もし人間が粘土を思い起こすならば、であります」（『鳥』有田忠郎訳、書肆山田、二〇〇八年、八四—八五頁）。
（8） 原文 forme entière。モンテーニュ『エセー』第三巻第二章に「人間はだれでも、人間のありようとして完全なかたちを備えているのである」（宮下志朗訳『エセー6』、白水社、二〇一四年、四四頁）。
（9） グリッサンの幼少からの友人。グリッサンは一九四六年、マルティニクのリセ・シェルシェールの友人らモーリス・アリケル、プリスカ・ジャン＝マリー、ジョルジュ・ガネル、ローラン・オルトルとともに、生涯最初の詩の雑誌『フラン・ジュ *Franc Jeu*』を発行する。
（10） 二〇〇四年、ハイチが独立二〇〇周年を迎えた時、民衆派の政権に対する右派の反乱が地方都市から起こっていた。
（11） 中国でのSARS（新型肺炎）の流行が国際メディアで注目を浴びるのは二〇〇二年一一月、広東省の男性が発症したとの報道の後だと言われている。
（12） ブッシュ大統領は、二〇〇二年一月、一般教書演説でイラン・イラク・北朝鮮が大量破壊兵器を保有する悪の枢軸国であると発言。二〇〇三年三月、合衆国はイラク戦争に突入する。
（13） 一九九二年にリオ・デ・ジャネイロで開催された国連環境開発会議（地球サミット）で「生物多様性条約」が採択され、批准国による「生物多様性締約国会議」が開催されるようになった。二〇〇三年カルタヘナ議定書によって、輸出入の際、遺伝子組み換え作物の情報公開が義務付けられるようになった。
（14） メキシコで最も貧しい州であるチアパス州は、先住民の差別撤廃や貧困問題の解消を主張するゲリラ組織、サパティスタ民族解放軍の拠点。一九九四年、農民を破滅に追い込むとして北米自由貿易協定（NAFTA）に抗議して、その発効と同時に武装蜂起を起こした。
（15） イスラエル国防軍。
（16） パレスチナで反イスラエル闘争を続けるイスラム原理主義組織。
（17） *Les périphériques vous parlent.* 一九九三年に発刊された文化・芸術・社会批評雑誌。

（18）*Les inrockuptible.* 一九八六年に発刊された、左派の音楽・カルチャー誌。

（19）出版社オートルマンが刊行する雑誌。

（20）*Point d'ironie.* 一九九七年よりアニエスbがクリスティアン・ボルタンスキー、ハンス＝ウルリッヒ・オブリストとともに発行する無料のアート新聞。

（21）オリヴィエはグリッサンの息子と思われる。音楽家。

（22）一九四五年に刊行されたピエール・ルヴェルディの詩集。それまでの散文詩集をまとめている。

（23）原文の動詞 perce と Saint -John Perse の Perse とは同音。ここには、音遊びがある。

（24）不詳。

（25）Le point d'ironie. ポワン・ディロニーは原文二七頁では雑誌名だが注（20）、ここでは一九世紀末の詩人アルカンテール・ド・ブラーム Alcanter de Brahm が考案したものの、実際には用いられなかった「皮肉符」、すなわち、文中でイロニーや反語の用いられている箇所を指示するための符号を指している。以下の断章はどれも、原文では大文字で記載されている。

（26）グリッサンが述べているように、本書のフランス語タイトル *La Cohée du Lamentin* の cohée の意味と語源は解明されていない。

「砂の雨」へのプレリュード

（1）ロベルト・マッタ Robert Matta（一九一一―二〇〇二）。チリ生まれの画家で、シュルレアリスム運動にも参加した。

（2）カリブ海からベネズエラにかけて生育するサトイモ科の植物。

（3）パリ三区にあるギャラリー。二〇〇二年に『アメリカスというバロック』展を開催。

（4）パリ六区ドラゴン通りに存在したギャラリー。一九五〇年代からグリッサンはこのギャラリーの常連だった。ドラゴン通りには、アカデミー・ジュリアンの分校があり、伝統的にアートと縁が深い。また、一九九〇年代には、ホームレスの救済活動で知られたピエール神父の活動拠点になった通りとして名高かった。

(5) ペルー中部の、インカ文明以前のチャビン文化の遺跡。
(6) ヘラルド・チャベス Gerardo Chavez (一九三七―)。ペルー出身の画家。インカ文明の神話を題材とした作風を得意とする。
(7) オオテンジクネズミの一種。中南米からカリブ海域に生息する。
(8) 南アメリカ大陸の南端部を指す。アルゼンチン、チリ、ウルグアイが、それに当たる。
(9) 一九一〇年代にソ連で起こった美術運動。三〇年代に南米に波及した。
(10) ホセ・ガマラ José Gamarra (一九三四―)。ウルグアイの画家、彫刻家。新大陸「発見」以前のアメリカ世界を描く。パリ近郊に在住。
(11) フェルナンド・ボテロ Fernando Botero (一九三二―)。コロンビアの画家、彫刻家。ふくよかな独特の体型をした人物像で有名。
(12) アントニオ・セギ Antonio Segui (一九三四―)。アルゼンチンのコルドヴァ州生まれの画家、版画家。パリ在住。ブエノスアイレスの上流階級を風刺するユーモアに富んだ作品で知られる。
(13) ヘスス＝ラファエル・ソト Jesús-Rafael Soto (一九二三―二〇〇五)。ベネズエラ生まれ。キネティック・アートの指導的芸術家。パリを拠点にして活動した。
(14) カルロス・クルス＝ディエス Carlos Cruz-Diez (一九二三―)。ベネズエラ生まれ。キネティックおよびオプティカル・アートの元祖を自認。一九六〇年よりパリ在住。
(15) 動く、ないし動くように見える美術。作品自体が動いたり観客が作品を動かしたりする。
(16) エンリケ・グスマン Enrique Guzmán (一九五二―一九八六)。メキシコの画家。リアリズムとシュルレアリスムの画家。三四歳で自殺した、神話的存在。
(17) ジャクソン・ポロック Jackson Pollock (一九一二―一九五六) アメリカ合衆国の画家。アクション・ペインティングで知られる、抽象表現主義の画家。
(18) ジャン＝ミシェル・バスキア Jean-Michel Basquiat (一九六〇―一九八八)。ニューヨーク・ブルックリン生まれのグラフィティ画家。

(19)　ジャン＝ポール・リオペル Jean-Paul Riopelle（一九二三―二〇〇二）。カナダ・ケベック州生まれ。シュルレアリスム系の画家。オートマティストと呼ばれる芸術家たちの運動に参加。ケベック州で、戦後の美術・文学運動の出発点の一つとなった『全面拒否』への署名者の一人。

(20)　カリブ海地域に生育する木。六〇年代にグリッサンは雑誌『アコマ』を刊行した。

(21)　アフリカ起源で、ブラジルや大アンティル諸島などで崇拝されている海の女神。

(22)　一五世紀ポルトガルで開発された三本マストを持つ、大航海時代を象徴する帆船。

(23)　ウィフレド・ラム Wifredo Lam（一九〇二―一九八二）。スペイン人と黒人の血を引く母親と華僑の父親とのあいだに生れたキューバの画家。シュルレアリスム運動にかかわり、のちキューバに戻り制作を続けた。

(24)　ヴォードゥの画家たちが小麦粉やトウモロコシの粉などで地面に描くさまざまなシンボル。

(25)　アグスティン・カルデナス Agustín Cárdenas（一九二七―二〇〇一）。キューバの彫刻家。パリでシュルレアリスト運動にかかわる。白く丸みを帯びた特徴的な彫刻を制作。

(26)　ホルへ・カマチョ Jorgé Camacho（一九三四―二〇一一）。キューバの画家。マヤ文化に関心を示し、五九年パリに出てアンドレ・ブルトン、カルデナスに出会う。

(27)　ホセ・ルイス・クエバス José Luis Cuevas（一九三四―二〇一七）。メキシコ・シティ生まれの画家、彫刻家。メキシコ壁画運動を主導したひとり。

(28)　フリオ・パチェコ＝リバス Julio Pacheco-Rivas（一九五三―）。ベネズエラの画家。幾何学的模様を用いた画風が特徴。

(29)　サウル・カミネル Saúl Kaminer（一九五二―）。メキシコの画家。マッタ、ラム、シュルレアリスムの影響を受け、古代メキシコの伝統を現代的な手法で蘇らせる。

(30)　ホアキン・フェレル Joaquín Ferrer（一九二九―）。キューバの画家。パリに移住。幾何学的な抽象画を得意とする。

(31)　エンリケ・サニャルトゥ Enrique Zañartu（一九二一―二〇〇〇）。パリ生まれチリ出身の画家。画布に亀裂を刻むような抽象画が特徴。

(32)　ヘルマン・ブラウン＝ベガ Herman Braun-Vega（一九三三―）。ペルーのリマ生まれの画家。パリで活躍。

(33) パンチョ・キリチ Pancho Quilici（一九五四—）。ベネズエラ生まれの画家。幾何学模様と同心円図を駆使しながら、半透明な世界の鳥瞰図を描く。

(34) マリオ・グルファン Mario Gurfein（一九四五—）。アルゼンチン・ブエノスアイレス生まれの画家。一九六五年からパリやミラノで演劇の舞台装置・衣装の仕事をする。ゴヤやモネに通じる幻想的な絵を描く。

(35) 西アフリカの口承伝統の伝承者。

(36) ガブリエラ・モラウェッツ Gabriela Morawetz（一九五六—）。ポーランド生まれの芸術家。スイス、ベネズエラで教育を受け、フランスを拠点として世界各地で活動する、写真をベースとした芸術家。透かし絵になった人物像と一体になる根を写した作品で知られる。二〇〇三年、「時の風景」と題する個展をパリのテッサ・ハロルド・ギャラリーで開く。その画集の序文をグリッサンが執筆している。

プランテーション、町《ブール》、都市《ヴィル》

(1) モンショアシ Monchoachi（一九四六—）。マルティニク生まれの詩人。マルティニク島の集落サン・タンヌで、ラクゼミ Lakouzémi という文化や政治を自由に討論する集いの場を組織した。

(2) 「ゼミ」はマルティニク先住民のタイノ族（一七世紀には消滅）の言葉で「神の道」を意味し、精霊の宿る石像のことを指す。以下のテクストは二〇〇三年にマルティニックで行われた第一六回「フェスティヴァル・マラン・ヴィレッジ」でのモンショアシの企画「ゼミ鳥たちの会議」への応答として書かれている。

(3) ヘーゲルを示唆。

(4) アウグスティヌスの三位一体論における精霊。

(5) アステカ神話の神、ケツアルコルトル。メキシコのテオティワカン遺跡にケツアルコルトルの神殿がある。

(6) 別名「神の道の鳥」を持つ、先住タイノ族の伝説上の鳥。フクロウのような姿の鳥で、普段は餌にありつくことなく静かに身を潜めているが、時折姿を現して神の到来を人間に告げる役割を果たすと信じられていた。

(7) 西アフリカのコートジボアール北部とマリ南東部の先住民セヌフォ族に伝わる伝統の鳥でご豊穣のシンボル。

(8) 中央《メソ》アメリカは先住民で構成される地域、ユーロアメリカはヨーロッパ系移民で構成される北米地域。

(9) この年の二月、国民公会で奴隷解放が議決される。トゥッサン・ルーヴェルチュールの故国とはサン＝ドマング(ハイチ)。
(10) ジルベルト・フレイレ Gilberto Freire (一九〇〇—一九八七)。ブラジルを代表する社会学者、文化人類学者。『大邸宅と奴隷小屋』日本経済評論社、二〇〇五年刊。
(11) グリッサンが生まれた山岳地帯の村。
(12) フォール＝ド＝フランスのこと。フォール＝ド＝フランスに住んでいる人は「フォワイヤレ」と呼び、この言い方は今日でも使われている。
(13) バルパライソはチリの港湾都市。一般的に、ラテンアメリカの歌の中では中国女(チニータ)は恋人を指す。
(14) 一九九三年刊。
(15) 一九五八年刊。第一作目の小説。ルノドー賞受賞。
(16) 島のもっとも高い山。一九〇二年に噴火し、サン＝ピエールの町を全滅させたことで知られる。
(17) アレクシス・レジェとはサン＝ジョン・ペルスのこと。イレ・レ・フイユはグアドループの小島と名前がほぼ同じということだろう。正しくはレ・フイユ島のこと。サン＝ジョン・ペルスの家族が所有する島で、詩作の源泉となった。
(18) 島の南端にある砂地の海岸地帯。
(19) 一九一一年刊。
(20) 一九二四年刊。
(21) 一九四二年刊。
(22) 一九四六年刊。
(23) 一九五七年刊。
(24) 『ヨーロッパ文学とラテン中世』みすず書房、一九七一年。原著は一九四八年刊。
(25) 律動については、『多様なるものの詩学序説』、小野正嗣訳以文社、二〇〇七年、一三一頁—一三五頁参照。
(26) 特にブラジルで用いられる語。

(27) シャモワゾーの小説『テキサコ』(一九九二年刊。邦訳は平凡社刊)のこと。マルティニク島の一九世紀から現代までの時間の流れを主人公マリー・ソフィー゠ラボリューの家系を軸に辿る物語で、藁、木箱、ファイバー・セメントと変化したマルティニク島の民衆の家屋の素材の変遷が章立てに用いられている。
(28) ザンディアン Zindien はインド系と黒人の混血を指す。
(29) 黒人奴隷解放後の労働力確保のために一九世紀から流入したインド系移民を指す名称。
(30) チューリヒ生まれの美術評論家、キュレーター(一九六八—)。
(31) 大地震に見舞われた都市の列挙。大阪は阪神淡路大震災、京都は江戸時代末期の大地震のことを指すか。
(32) アンティユやハイチの民話に登場する、夜中に鳥の姿などになって飛び回る悪霊。

民の想像界

(1) マフムード・ダルウィーシュ Mahmoud Darwich(一九四一—二〇〇八)。パレスチナの国民的詩人。パレスチナ独立宣言を起草。
(2) モロッコ南西部の港市。
(3) ナイジェリア南西部の商業都市。
(4) マリ中部、ニジェール川とバニ川にはさまれた中州に位置する町。一四世紀、マリ帝国マンサ・ムーア王の時代に絶頂期を迎える。サハラ交易の拠点で、宝石、岩塩、コーラナッツ、黄金などが交易品とされた。一九八八年モスクや商人住居が残る旧市街が世界遺産に登録された。
(5) アラビア半島やアフリカ北部などの砂漠地域に吹く乾いた熱風。
(6) エメ・セゼールの代表的長編詩。邦訳は『帰郷ノート 植民地主義論』(砂野幸稔訳、平凡社、二〇〇四年)に所収。
(7) セゼール、『太陽首切られて』。
(8) 以下に続く断片の数々は、セゼールの詩からの引用。煩雑さを避けるために出典は逐一明示しない。
(9) ブラジルの太鼓のリズム。

(10) コンゴ民主共和国中部の都市。
(11) マルティニク北部の町。一九〇二年、プレ山の噴火により住民のほぼ全員が死亡した。
(12) 中南米エクアドル、アンデス山脈の火山。
(13) 四つの地名はいずれもマルティニク島の地名。
(14) ベヌエはギニア湾に注ぐニジェール川最大の支流。ロゴンはチャド湖周辺の中央アフリカの河川。ニーラゴンゴはコンゴ民主共和国東部の活火山。
(15) コンゴ民主共和国にある山脈。
(16) パナマにある港町。リンカーン大統領の時代、この街に合衆国の自由黒人による植民地を建設する計画が立てられたことがある。
(17) ブラジル、サルヴァドール市の別名。
(18) ラッカディブはインド南西岸沖、スリランカ南端とモルディブ諸島南端を結ぶ線の北、モルディブおよびインド領ラクシャディープ諸島の東側の海域。テルナテはモルッカ諸島にある島。同じくティドレもモルッカ諸島にある島。セレベスはインドネシア中部にある島、別名スラウェシ島。
(19) ザンベジ川はアフリカ南部を流れる大河。
(20) イフェはナイジェリア・ラゴス東部に位置する都市。ヨルバ族の聖地でもあり、ヨルバ族の天孫降臨神話の舞台でもある。ヴォードゥ教においてイフェは伝説の地とされ、アグエ神の宿る土地として伝えられている。ウファは紀元前に現在のギニア沿岸部に存在した王国。ドイツの民族学者レオ・フロベニウスが発見した。
(21) 北海に面するベルギーの小都市。
(22) 修辞学の用語。同格の語を次々畳み掛けるように並べる表現法。
(23) リリアン・ケステルー宛のセゼールの手紙より。
(24) セゼール『土地台帳』。
(25) アンドレ・ブルトン『地の光』。
(26) シュルレアリストたちの共同制作の手法「優雅な死骸」より。なお実際にシュルレアリストたちによって出来あがった言葉は「～飲むだろう」である。
(27) エメ・セゼールが、ルネ・メニルらと共に第二次世界大戦中にマルティニクで発行した雑誌。
(28) 『帰郷ノート 植民地主義論』前掲書、二七―二八頁。ただし当該箇所は、四三年の雑誌『トロピック』にはおそらく発表されてはいない。
(29) セゼール『太陽首切られて』。
(30) セゼール『太陽首切られて』。
(31) セゼール「射撃通告」、『トロピック』第八―九号、一九四三年。
(32) セゼールの詩集のタイトル。
(33) セゼール「射撃通告」。トリゴノセファルはマルティニク固有種の毒蛇。
(34) ポール・エリュアール『豊かな目』。
(35) セゼール『帰郷ノート 植民地主義論』、四四頁。
(36) セゼール『そして犬どもは黙っていた』。ただしセゼールの原文では「白人どもが上陸する、白人どもが上陸する」となっている。
(37) アルチュール・ランボー『地獄の一季節』。
(38) サン＝ジョン・ペルス『サン＝ジョン・ペルス詩集』(多田智満子訳、思潮社、一九七五年、一七五頁)。
(39) 『帰郷ノート 植民地主義論』、三〇頁
(40) セゼール「純血馬」(「詩断片」)、『トロピック』第一号、一九四一年。
(41) 『帰郷ノート 植民地主義論』、八一頁。
(42) サン＝ジョン・ペルス『サン＝ジョン・ペルス詩集』、一八二頁。
(43) セゼールの詩のタイトル。『奇跡の武器』所収。
(44) アルジェリアの作家(一九二九―一九八九)。アルジェリア・フランス語文学の祖。アルジェリア独立戦争のさなかに発表された代表作『ネジュマ』は、アルジェリア文学の金字塔。
(45) カテブ・ヤシン『星の多角形』。

(46) イスラム教以前の、古代アラビアの詩選。

(47) サン＝ジョン・ペルス『風』(有田忠郎訳、書肆山田、二〇〇六年、一四二頁)。

帝国

(1)『批評と臨床』守中高明、谷昌親訳、河出文庫、二〇一〇年、一七頁(引用文は一部変更している)。

(2) アフリカの架空の民バトゥト族の移動と拡散を描いたグリッサンの小説。*Sartourius - Le roman des Baoutos*, Gallimard, 1999.

(3)『批評と臨床』一四頁(一部変更を加えた)。ドゥルーズの注によると、ここは以下の書からの引用。Le Clézio, *Haï*, Flammarion, p.5.

(4) ジル・ドゥルーズ＋フェリックス・ガタリ『千のプラトー』(宇野邦一他訳、河出書房新社、一九九四年)。

(5) トマス・モフォロ Thomas Moffolo(一八七六―一九四八)。アフリカ南部レソトに生まれた作家。ズールー族の王シャカの生涯を描いた『シャカ』は、一九〇九年ないし一〇年にソト語で書かれ一九二五年に出版されたアフリカ文学屈指の名作のひとつ。

(6)『オデュッセイア』第一四巻。数奇な放浪の旅を終えてイタケーに戻ったオデュッセウスは、年老いた乞食に変装して豚飼いのエウマイオスに会うため自らの農場に向かうが、そこで犬に吠えたてられ、襲われそうになる。

(7) 古代ギリシャの歴史家(紀元前四八五頃―四二五頃)。ペルシャ戦争後、諸国を遍歴して『歴史』を執筆し、ギリシャからペルシャ、リュディア、エジプトといった古代オリエントの歴史、地理について記した。

(8) ダレイオス一世(紀元前五五〇―四八六)。アケメネス朝ペルシャ第三代の王で、同朝の全盛期を築く。

(9) アケメネス朝ペルシャの王(紀元前五一九頃―四六五)。ダレイオス一世の子。ペルシャ戦争でギリシャと覇権を争ったがサラミスの海戦で敗れる。

(10) 第三代ローマ皇帝、ガイウス・カエサル・ゲルマニクス(一二―四一)。残虐さと暴政で知られ、暗殺される。

(11) インド首相ラジーヴ・ガンディの妻、インド国民会議総裁(一九四六―)。イタリア北東部に生まれ、カトリックの家庭で育つ。一九九一年ラジーヴの暗殺のあと、二〇〇四年に首相候補にのぼるが、イタリア生まれという批判もあり首相就任を固辞した。
(12) 経済学者（一九三二—）。二〇〇四年、インド独立以来はじめてのヒンドゥー教徒以外の首相となり、二〇一四年まで同職を務めた。
(13) インド第一一代大統領アブドゥル・カラームを指す。
(14) マルティニクのジャーナリストで雑誌『アンティヤ』の創刊者。六〇年代初頭に「マルティニク反植民地青年組織」を創設し、マルティニクの独立運動に関わった人物。
(15) 『ファウンデーション』（岡部宏之訳、ハヤカワ文庫、一九八四年）。

ヤム、アイ・アム、ラム

(1) キューバの画家、ウィフレド・ラムのこと。
(2) バルバドス生まれの英語詩人（一九三〇—）。詩集『島々』など。
(3) 英語圏を代表するグリッサン研究者、英訳者（一九四八—二〇一九）。
(4) ホアキン・トーレス・ガルシア Joaquín Torres García（一八七四—一九四九）。ウルグアイ・モンテビデオで生まれ、スペイン・カタロニアを中心にして活動した画家、彫刻家、作家。ガウディ、ピカソらとも交友があった。アメリカ合衆国では評価されなかったが、二〇世紀前半においてもっとも影響力のあった芸術家の一人。一九三〇年代に、アメリカ先住民、アフリカ、エジプト芸術に強い関心を抱いた。
(5) ヴォードゥ信仰における精霊で、ナイジェリアのヨルバ人の信仰に起源を持つ。開拓や鍛冶、戦争などを司る。
(6) アヌビスは、エジプト神話に登場する冥府の神。犬（ジャッカル）の頭部を持った半獣神として描かれることが多い。ミイラをつくる仕事を担う。
(7) 翼と尾の長いタカ。
(8) エジプト南部アスワンからヌーダンに至る地域を指す。古代において、この地域の南部に住んでいた黒色人種をヌビア人と呼ぶ。長い間、古代エジプトの支配下にあったが、その支配を脱して王国を建設した時代がある。
(9) アントニオ・サウラ Antonio Saura（一九三〇—一九九八）。スペインの画家、作家。映画監督カルロス・サウラの兄。

(10) menfenil、melfini とも。マルティニク特有の鳥。

横溢する海

(1) この文章は、画家でありまたグリッサンの夫人であるシルヴィ・セマヴォワヌ Sylvoe Sémavoine の作品展に寄せて書かれものであろう。たとえばインターネット・サイト MONDES FRANCOPHONES.COM. において、グリッサンの本テクストの原文とともに確認できる。

(2) マチューはエドゥアールとシルヴィの息子である。

(3) この文章は、アラン・ボレールの小説『コバ』(Alain Borer, *Koba*, Seuil, 2002) への書評。アラン・ボレールは一九四九年生まれのフランスの作家、詩人、批評家で、トゥール国立高等美術専門学校教授。ランボー研究者としても名高い。二〇〇五年、そのすべての著作に対して、パリ第八大学より「エドゥアール・グリッサン賞」を授与された。グリッサンの思想と共振する創作活動を行う者に与えられる同賞は二〇〇三年に設立され、アラン・ボレールはその第三回受賞者。

(4) ヘロドトス『歴史』第四巻一〇五節に「ネウロイ人はみな年に一度だけ数日にわたって狼に身を変じ、それからまた元の姿に還る」という記述がある。ヘロドトス『歴史〈中〉』(松平千秋訳、岩波文庫、一九九一年、六三頁)を参照。

(5) *Ormerod*, Gallimard, 2003. グリッサンの最後の小説。

(6) イメール族のソベックを指す。

(7) フェニキア神話にあらわれるセム民族の男神。

(8) モーリス・サイエ Maurice Saillet (一九一四—一九九〇)。フランスの作家・批評家。

(9) ヴィクトル・セガレン Victor Segalen (一八七八—一九一九)。フランスの詩人・医師。引用は、詩集『碑』序文の一節。『セガレン著作集〈6〉碑、頌、チベット』(有田忠郎訳、水声社、二〇〇二年、一六頁)による。

(10) ヴァレリオ・アダミ Valerio Adami (一九三五—)。イタリアのボローニャ生まれのイタリアの画家。単色色彩面と太い黒い描線による画面構成が特徴的。一九五二年、最初のパリへの旅でウィフレド・ラムやロベルト・マッタと出会い、マッタから大きな影響を受ける。一九七〇年代に「新具象芸術」の旗手として評価された。アダミは自身のタブローについて「複雑な命題であり、過去の視覚記憶が思いがけない結合を形成している」と述べている。一九八五年、ポンピドゥー・センターにおいて大規模な展覧会が開催され、テルアビブやブエノスアイレスでの展覧会がそれに続いた。個人的、集団的記憶にかかわる主題を多く取り上げる。デリダは、一九七五年のアダミの作品展「デッサンの旅」に際して「＋R」と題するアダミ論を書く。のちに改稿され『絵画における真理』（*La vérité en peinture*, 1978, Flammarion）に収められた。邦訳は「＋R（おまけに）」（『絵画における真理・上』高橋允昭、阿部宏慈訳、法政大学出版局、一九九七年に収録）。早い時期からグリッサンと交流をもち、グリッサンの小説『全‐世界』（一九九三）のなかに、アダミはヴァレリオという実名で登場する。

（11）　クローデルの美術論集（Paul Claudel, *L'Œil écoute-la peinture hollandaise, la peinture espagnole, Écrit sur l'art*, Gallimard,1964〔『眼は聴く』山崎庸一郎訳、みすず書房、一九九五年〕）のタイトル。『クローデルは絵画の理解において、知性の相関者である視覚だけに限定されず、眼に見えないものを把握することの重要性を説いた。「たとえば私は、アムステルダム美術館にある、『砲撃』と題されたファン・デ・フェルデの絵を思い浮かべる。撃てというその合図、砲煙の噴出を伴ったその突然の轟音の爆発で、自然のすべての運行はたちまち停止し、海の注意力はわれわれにまで伝播してくるように思われる。〔……〕われわれは眼で見るよりも耳で聞く絵画のひとつをまえにしているのである」（邦訳書、八頁）。

（12）　前述のパンフレットには、グリッサンのテクストの直前に、「スタンツェ Stanze」と題された、アダミ自身が自らの創作姿勢を語るテクストが掲載されており、そのタイトルに、stanza とは部屋と詩行のふたつの意味があるという注が付されている（イタリア語でスタンツェはスタンザの複数形）。グリッサンのここでの議論には、空間における形態の詩的形成を語るアダミのテクストとの緊密な応答がみられるように思われる。

（13）　芸術史上で、イタリア一四〇〇年代の時代概念。

（14）　前述のパンフレットには、同一のモチーフに基づく単色デッサンと彩色画がいくつも掲載されている。

（15）　原文イタリア語。

（16）ニューヨーク在住の建築家。*Alexandria: the sunken city*, Weidenfeld&Nicolson Ltd., 1997という著書がある。

（17）サルヴァトーレ・クァジモド　Salvatore Quasimodo（一九〇一―一九六八）。イタリアの作家。一九五九年にノーベル文学賞を受賞。ジュゼッペ・ウンガレッティ、エウジェーニオ・モンターレらとともに二〇世紀イタリアを代表する自由韻律口語詩派〈エルメティズモ〉の詩人。

（18）詩集『そしてすぐに日が暮れる』（一九四二）の一節。グリッサンはイタリア語で引用している。訳文は河島英昭訳『そしてすぐに日が暮れる』（平凡社ライブラリー、一九九四年）による。

（19）チリの詩人、パブロ・ネルーダ（一九〇四―一九七三）が一九五〇年に発表した一大叙事詩。

（20）ソ連の政治家でスターリン時代の秘密警察長官（一八九九―一九五三）。参考文献、『フルシチョフ秘密報告、スターリン批判』（講談社学術文庫）。

（21）マルティニク島大西洋岸サント・マリの西方に位置する丘陵。

（22）イタリアの作家（一九四三―二〇一二）。代表作『インド夜想曲』（一九八四）でフランスのメディシス賞外国小説部門を受賞。

（23）ポルトガルの詩人・作家（一八八八―一九三五）。タブッキはペソアへの愛着が深く、ペソアの翻訳を多く手がけ、『フェルナンド・ペソア最後の三日間』などの著作がある。

（24）ガストン・ミロン Gaston Miron（一九二八―一九九六）。カナダ・ケベック州生まれの詩人。「静かな革命」において、指導的かつ象徴的な役割を担った。

（25）タブッキの小説『トリスターノは死ぬ』（*Tristano muore. Una vita*, Feltrinelli, 2004）の主人公。

（26）亡霊とはトゥッサン・ルーヴェルチュールのこと。

（27）マッジョーレ広場のサン・ペトロニオ大聖堂。ファサードの上半分が未完成で茶色の壁面となっている。

解けがたいもの

（1）デレック・ウォルコット Derek Alton Walcott（一九三〇―二〇一七）。セントルシアの詩人。一九九二年、ノーベル賞受賞。エドゥアール・グリッサンと賞を争い、一票差でウォルコットの受賞が決まったと言われている。セントルシアのクレオール語は、マルティニクのそれと近く、グリッサンはウォルコットに共感を抱いている。

場所、機会、口実をめぐって

（1） エメ・セゼール国際空港の近くに美術館を建設する計画があったが、実現に至っていない。現在は、各地を巡回する美術館として、アンスティテュ・デュ・トゥモンドに所属している。
（2） 「アメリカス芸術美術館」の略称。略称によく数字が用いられる慣習がある。
（3） ベルテーヌ・ジュミネ Bertène Juminer（一九二七―二〇〇三）。医師、大学人、作家寄生虫学の専門家。クレオール語認知のための運動を推進。人道への犯罪としての奴隷制については、「修復」réparations という概念を提案した。二〇〇〇年一月にシャモワゾー、グリッサン、ジェラール・デルヴェと共に「海外県再建のためのマニフェスト Manifeste pour refonder les DOM」を『ルモンド』紙に発表。
（4） ニューヨーク州立大学ストーニーブルック校。
（5） メタフォリックで意味が取りにくい文。大文字ではじまる El cobre というスペイン語が挟まれているが、おそらく二〇〇二年にバルセロナに創設された出版社を指す。多様性を軸とした出版社。グリッサン『意識の太陽』を刊行。
（6） 一七世紀の建築。一九九八年から、アヴィニヨン・海外劇場がアヴィニヨン演劇祭において使用している。
（7） アンスティテュ・デュ・トゥモンドは、グリッサンによって二〇〇六年にパリに設立された。サロン・ドートンヌ二〇〇四年の時点ではまだ存在していなかった。設立の目的は、「クレオール化の文化的・社会的実践」の促進。さらに、「様々な民の想像界をその多様性の中で知ることを容易にする」こと、世界の音楽を聴くことで、言語の多数性を通して、芸術表現の複数性、思想の諸形式、生活の諸形態に寄り添う」ことにある。

訳者あとがき

本書は、Édouard Glissant, *La Cohée du Lamentin – Poétique V*, Gallimard, 2005 の全訳である。原題には、Poétique V、つまり「詩学V」という副題がついているが、邦訳題においては省略することにした。グリッサンの評論が体系的に邦訳される見通しがない中で「詩学V」と題することに、積極的な意味が見出されないからである。

著者、エドゥアール・グリッサン（一九二八―二〇一一）は、カリブ海フランス語圏の代表的な作家として一九九〇年代半ばから日本で知られるようになり、「クレオール」という存在と、それをめぐる斬新な思想をもたらしてくれた作家＝思想家として迎えられるようになる。これまで翻訳された作品を簡単に列挙しておこう。『〈関係〉の詩学』（評論、管啓次郎訳、インスクリプト、二〇〇〇年）、『全―世界』（評論、恒川邦夫訳、みすず書房、二〇〇〇年）、『レザルト川』（小説、恒川邦夫訳、現代企画室、二〇〇三年）、『多様なるものの詩学序説』（対談と講演、小野正嗣訳、以文社、二〇〇七年）、『フォークナー、ミシシッピー』（評論、中村隆之訳、インスクリプト、二〇一二年）、『痕跡』（小説、中村隆之訳、水声社、二〇一六年）、『第四世紀』（小説、管啓次郎訳、インスクリプト、二〇一九年）などである。こうして見るとグリッサン紹介は、最近になって加速してきた観がある。評論の大著『カリブ海序説』もまもなく刊行される予定と聞いている。水声社からは、数点の小説の翻訳刊行が予定されている。グリッサンのもっとも早い紹介の一つとしては、『〈関係〉の詩学』の部分訳があった（『早稲田文学』、一九九五年、五八―六五頁、拙訳。ただし、タイトルは『クレオールの詩学』となっていた）。

とりわけ『〈関係〉の詩学』が日本の知識界に与えた衝撃は大きなものがある。多様性、あるいはアイデンティティの複数性をめぐる考察は、現代世界における諸文化の混交、相互交流を捉える独自の視点を提供してくれるものだった。また、「リゾーム」、「不透明性」、「クレオール化」といった概念や、体系的思考とリゾーム的思考（あるいは、群島的思考）との対比が、当時のポスト・モダンに通じながらも、西洋的合理主義とは異なった角度から、世界の中心と周辺を一体のものとして捉えることを可能にしてくれた。今日、「多様性」が広く語られるようになったが、実は、グリッサンは少なくとも一九六〇年代から語っていたのであり、彼こそが現代における多様性論の提唱者なのである。グリッサンにおける「多様性」は、従来の合理主義的理性（ヘーゲル＝マルクス主義的弁証法も含む）では捨象されてしまう各存在の独自性と相互的関係を表す概念である。

その後、世界情勢は大きく変化したが、グリッサンの言う「クレオール化」の現象は一層顕著に進行していると言える。二一世紀に入って新たなナショナリズムが台頭し、狭隘なイデオロギー言説をまき散らしているが、しかし、それは一九世紀、二〇世紀において階級的固定化を告発した自由主義的ナショナリズムのように、人権などの近代的理念に立脚したものではなく、社会のあらゆるレベルにおける流動化と混交が加速し、「クレオール化」を押しとどめることはできない状況に対する、盲目的反発と捉えることができるだろう。グリッサンが本書で提唱している「世界性《モンディアリテ》」の概念は、グローバル化による世界平準化の圧力とは別のところにカオスのように生じる新たな社会関係、人間関係を指している。

ここで、「ラマンタンの入江 *La Cohée du Lamentin*」の地名について触れておこう。まずはグリッサン自身が本書の中で説明を加えているので、そちらを参照していただくにしくはないが、少し補足しておくと、「ラマンタン」は、かつてマルティニク島の湾に生息していた哺乳類ジュゴンに近い動物の名前である。「ラマンタン」は、グリッサンにとって親しい町の名前であるとともに、マルティニク島の過去を秘めた語、失われたものを伝える語でもある。「ラマンタンの入江」は、実際に存在する地名でも

空港脇の道路を行くと樹林地帯に入る

渡り板の通ったマングローヴの上を散策する

ある。マルティニクの中心的都市フォール・ド・フランスから数キロの南東に位置する第二の町ラマンタンの海岸にある湾を指す。現在では、ラマンタンの町と海岸の間には、エメ・セゼール国際空港がある。その滑走路が海に向かって延びているのだが、「ラマンタンの入江」は、その先端に隣接するように、少し北側に位置している。一見したところ、なんの変哲もない入江ではあり、遠くには港湾施設が望まれる。しかし、グリッサンにとっては、少年時代に結びついた空間であったようだ。

この「ラマンタンの入江」は、いうまでもなく、本書の構成に深くかかわっている。グリッサンの思索は、マルティニク島の地理的想像力を土台にしているのである。しかし、カリブ海という日本から遠く離れた海域にある島を訪れないとなかなか見えにくい面があるのも事実である。本書を読むだけではつかみにくいところがあるのはやむを得ないが、そこを少しでも補うためにも、訳者の立場から、若干の説明をさせていただくことにしたい。

グリッサンの地理的想像力は、上から下へと向かっていく傾向があるようだ。本書においては、はっきり明示されているわけではないが、北部の山岳地帯からレザルト川を伝ってラマンタンの町に辿りつき、さらには海にまで至り、大洋の中に広がっていく水の流れが軸になっているようなのである。実は、小説『レザルト川』においても、物語はタエルという若者が山からラマンタンと思われる町に降りていくところから始まっている。本書においても、マルティニクの地理は、マルティニク島の山岳地帯、モルヌ、山の麓、町、プランテーション、マングローヴ地帯、海という具合に配列されているようであり、全体が、山頂から海へと降りていくように記述が進んでいくのである。その原点となっているのが、山村で生まれた幼いエドゥアールが母親の腕に抱かれてラマンタンの町にまで降りていった時の記憶である。そして、「ラマンタンの入江」こそは、少年時代の記憶が詰まった秘密の場所なのである。というのも、国際空港ができる前は、この地帯には分厚い森林が広がっていた。そこは、闇の空間であり、黒魔術を行う呪術師や盗賊もうろついていて、けっして安全な場所ではなかった。しかし、そこは海と陸の対話の場所でもある。広大の森林のかなり内陸部まで海水が入りこんでいるのである。私も友人の案内で、一度ラマンタンの入江に行ったことがある。現在では、樹林はすっかり縮小してしまったが、それでも樹木の広がりがあり、それが海水と絡み合っているのを見て驚いてしまった。

さわやかに晴れた日曜の朝だった。私たちは、空港の脇に延びている狭い道路を突き進んで行ったの

ラマンタンの入江はヨットの停泊地になっていた

グリッサン少年時代と変わらぬ，緑の水を湛えた風景も残っていた

だが、途中で車を運転する友人が道路の端を指さした。見ると、泥水が溜まっていて、樹木の根が浸っている。前の日に雨が降って、それでできたような水たまりである。ところが、友人は、それは泥水ではなくて、海がそこまで入ってきているのであって、樹木の根が絡み合っている水中にはかなり大きな魚まで餌を求めて泳いでくると言うのである。ということは、狭いが舗装された道路の端が水たまりではなくて、海に接しているということなのである。私は車を停めてもらって、灰黄色の泥水に近寄ってみた。やはりなんの変哲もない泥水である。だが、樹木が密生している奥の方に視線を延ばすと、その泥水がどこまでも樹林の奥の方へと延びていて、静かで広大な闇の沼地を作っているのである。そして、この沼地が浅い海であり、大きな魚も樹木の根のまわりを泳いでいる、というのである。グリッサンの語るマングローヴ、そしてリゾームとはこれなのだなと、私にとっては思いがけない発見になった。マングローヴといっても、さまざまな形態がある。こんなマングローヴを見たのは初めてだった。再び車に乗り込み、海岸まで出て見ると、そこにもマングローヴと、ヨットが停泊する入江とがあった。こちらのマングローヴには渡り板が通っていて、より一般的なマングローヴが広がり、その先には、河口のようにも、運河のようにも見える波打つ水が広がっていた。入江の方はヨットの停泊地になっていた。グリッサンの少年時代とは景色もすっかり変わっているにちがいない。それでも、湾の一部は樹林によって縁取られていて、緑の葉を映しだす水面は紫色の淵のようになっていた。

友人というのは、エドゥアール・グリッサンの研究家でもあり、著作もあるマニュエル・ノルヴァ Manuel Norvat だが、彼によれば、かつては空港付近から海にかけての空間には、鬱蒼とした、太陽が差さない森林地帯が広がっていて、少年時代、グリッサンはそこに入り込んで遊んでいたそうである。「ラマンタンの入江」というタイトルが、グリッサンにとってどんな意味をもっているのか、それを解く鍵を与えられたような気持だった。

本書は、二〇〇五年に刊行されているが、その根底的テーマは「ゆらぎ」である。原語は tremblement となっている。本書に展開されている思索は、ポスト・トゥルースの時代とも言われる現代に猖獗する全体主義的思想への静かな反逆と見なすことができる。だが、それはどのような反逆だろうか。グリッサンは、諸民族の歌やリズム、文化的創造物に「ゆらぎ」を見てとり、聞き取る。それは、どこからともなく吹いてくる風に木の葉が揺れるのを聞き取る耳でもあり、宇宙の振動を聞き取る耳でもある。彼には、地球の誕生、生命の誕生から、無限に変奏されていく人類の文化までも、一つの大きな「ゆらぎ」の中で捉える眼差しがある。諸民族の歌やリズム、すなわち人類の多様性とは、人類史の展開における「ゆらぎ」であり、それは、鳥の飛翔の「ゆらぎ」でもあり、宇宙の「ゆらぎ」でもあると言っているようである。

本書で一番印象に残る言葉の一つは、「君の場所で行動せよ。世界とともに思考せよ」だろう。この言葉は、読者へのメッセージであると共に、実は、本書の記述に密接に結びついてもいるようである。グリッサンにとっての自分の場所とは、いうまでもなくマルティニク島である。グリッサンは、島の地形、文化、人々の生活の微細な細部にどこまでもこだわる。だが、こだわり続けることによって、マルティニク島を突き抜けて「世界」に至っている。グリッサンは一つのテーマしか持たない作家であり、反復の作家である。しかし、飽くことを知らない反復の中で、毎回、新たな領域の取り込みがあり、とりわけ、予期されなかった偏差がある。この偏差にこそ、グリッサン独自の思索展開がある。グリッサンとは、入江のさざ波から銀河の回転へと想像力を共鳴させながら、そこに生じる折り目（グリッサンはそれを「不透明性」とも呼ぶ。『〈関係〉の詩学』参照）を指で指し示す思索家＝詩人である。現代的な諸問題への政治的解決策をすぐに提供してくれるわけではないが、混乱に満ちた現代を生きるための、基本的な、人間としての姿勢を教えてくれるのである。
「君の場所で行動せよ」とは、政治的なメッセージを含んでいるが、それと同時に、「君の場所を見る眼差しを鋭くさせて行動せよ」ということでもあるにちがいない。私たちは、グリッサンが教えてくれた眼差しを取り込んで、自分が立っている場所を「分析」することを学ばなくてはならない。日本は、二〇一一年の東日本大震災でも体験されたように、「ゆらぎ」の地である。二〇一一年は、グリッサンの亡くなった年でもあるが、彼の死の約一カ月後に私たちを襲った大地の「ゆらぎ」は、人知を超えた地球の巨大な「ゆらぎ」を教えてくれた。もちろん、「ゆらぎ」は災害や不幸としてだけあるわけではない。自然に抱かれた生命の「ゆらぎ」でもあり、鳥の飛翔や囀りでもある。日本には、古今和歌集の仮名序で展開されているような、鳥や虫の歌としての「ゆらぎ」を聞きとる伝統がある。新しきものは古きものを呼び覚まし、古きものは新しきものに力を与えるのである。ただ、日本の文化、感受性を日本だけの特異性として捉えるのではなく、グリッサンは、それをより広い世界空間、宇宙空間に位置づけ直す必要性を示唆してくれている。いずれにしても、こうしたカリブ海の島や世界各地の場所は、「私」の立っている場所につながっているのである。「世界とともに思考せよ」とは、そういうことだろう。グリッサンの「世界性《モンディアリテ》」と「ゆらぎ」の思索は、壮大なエコロジー論でもある。

翻訳の経緯について触れておくと、今回の翻訳は、私の研究室で、二〇〇三年頃から続けられてきた研究会の成果である。二〇年近く続いているが、当初は『カリブ海序説』を読んでいた。次に取り上げられたのが、『ラマンタンの入江』なのだが、研究会メンバーの内の工藤晋、廣田郷士と私が翻訳出版することに、話し合いで決まった。本翻訳には、これまで蓄積してきたグリッサン研究を反映させたつもりだが、完璧というのには遠いと言わざるをえない。それは研究会の力不足もあるが、グリッサンの著作の性格からも来ている。細部に込められた微妙な意味の揺れ、全体的な仕掛けは汲み尽くせないものがあり、さらにそれを日本語にするとなると、越えがたい障壁が次々に出現するのである。本書の場合、詩的なものと思索的なものが複雑に組み合わされている。三人の共訳ということもあり、その平衡の取り方には訳者一同だいぶ苦労した。訳注については、少し過剰と言ってもよいくらいの量になった。読者が自由に読めるようにするには、余計なお節介になりかねない訳注などはない方がよいという考え方もあるだろう。しかし、本書の場合、マルティニク島の地理的な細部への暗示や考察がふんだんにあり、訳注をつけた方がよいと判断した。訳注に、研究会の蓄積が凝縮されているという側面もある。

翻訳作業の担当は、「無限定な数の鳥にも似て」「解けがたいもの」「場所、機会、口実をめぐって」が立花英裕、「プランテーション、町、都市」、「横溢する海」が工藤晋、「『砂の雨』へのプレリュード」、「民の想像界」、「ヤム、アイ・アム、ラム」が廣田郷士、「帝国」は、工藤と廣田がそれぞれ前半と後半を担当した。訳語の決定と統一、そして文体統一については、三人で協議を進めながら、最終的には立花が全体的に調整した。

グリッサンの翻訳は、予想以上に困難な作業だったため、水声社の神社美江さまには大変なご迷惑をおかけした。我々の修正を辛抱強く受け入れてくれたことに心より謝意をお伝えしたい。また、水声社鈴木社主にも、このような出版の機会をあたえてくださったことに心より感謝する次第である。

訳者を代表して　立花英裕

著者／訳者について——

エドゥアール・グリッサン（Édouard Glissant）　一九二八年、マルティニクのブゾダンに生まれ、二〇一一年、パリに没した。作家。カリブ海文化圏を代表するフランス語の書き手ならびに来たるべき世界を構想した思想家として、没後も依然として世界的注目を浴びている。主な著書に、『レザルド川』（一九五八。現代企画室、二〇〇三）、『第四世紀』（一九六四。インスクリプト、二〇一九）、『痕跡』（一九八一。水声社、二〇一六）、『〈関係〉の詩学』（一九九〇。インスクリプト、二〇〇〇）、『マルモール』（一九七五）、『マアゴニー』（一九八七）（以上、水声社近刊）、などがある。

＊

立花英裕（たちばなひでひろ）　一九四九年、宮城県に生まれる。早稲田大学大学院文学研究科博士課程満期退学。早稲田大学名誉教授。専攻、フランス語圏文学。主な著書に、『二一世紀の知識人』（共編著、藤原書店、二〇〇九）、訳書に、ピエール・ブルデュー『国家貴族』（藤原書店、二〇一二）、ダニー・ラフェリエール『吾輩は日本作家である』（藤原書店、二〇一四）などがある。

工藤晋（くどうしん）　一九六〇年、練馬区に生まれる。東京大学大学院総合文化研究科言語情報科学専攻博士課程退学。現在、翻訳家、都立高校教諭。専攻、カリブ海文学、詩学、批評理論。主な論文・訳書に、「『マアゴニー』から『全‐世界』へ——エドゥアール・グリッサンにおける世界語りの方法」『言語態』第八号（言語態研究会、二〇〇八）、ティム・インゴルド『ラインズ』（左右社、二〇一四）、ミシェル・フーコー『ミシェル・フーコー思考集成X』（共訳、筑摩書房、二〇〇二）などがある。

廣田郷士（ひろたさとし）　一九八七年、福島市に生まれる。東京大学大学院総合文化研究科博士課程（およびパリ第八大学博士課程）在学中。専攻、カリブ海地域フランス語文学。主な論文に、「基本元素の考古学——エドゥアール・グリッサンの初期詩作とその変遷」（『言語情報科学』、第一八号、二〇二〇）、「食べる〈ニグロ〉、食べられる〈ニグロ〉——一九三〇年代のエメ・セゼールによる同化批判をめぐって」（"Résonances" 第一〇号、二〇一八）、などがある。

装幀——宗利淳一

ラマンタンの入江

二〇一九年一二月二〇日第一版第一刷印刷　二〇一九年一二月三〇日第一版第一刷発行

著者――エドゥアール・グリッサン

訳者――立花英裕・工藤晋・廣田郷士

発行者――鈴木宏

発行所――株式会社水声社

東京都文京区小石川二―七―五　郵便番号一一二―〇〇〇二

電話〇三―三八一八―六〇四〇　FAX〇三―三八一八―二四三七

［編集部］横浜市港北区新吉田東一―七七―一七　郵便番号二二三―〇〇五八

電話〇四五―七一七―五三五六　FAX〇四五―七一七―五三五七

郵便振替〇〇一八〇―四―六五四一〇〇

URL : http://www.suiseisha.net

印刷・製本――モリモト印刷

ISBN978-4-8010-0463-4

批評の小径
sentier de la critique

ロラン・バルト　最後の風景　ジャン＝ピエール・リシャール　二〇〇〇円
フローベールにおけるフォルムの創造　ジャン＝ピエール・リシャール　三〇〇〇円
日本のうしろ姿　クリスチャン・ドゥメ　二〇〇〇円
マラルメ　セイレーンの政治学　ジャック・ランシエール　二五〇〇円
夢かもしれない娯楽の技術　ボリス・ヴィアン　二八〇〇円
オペラティック　ミシェル・レリス　三〇〇〇円
みどりの国　滞在日記　エリック・ファーユ　二五〇〇円
記憶は闇の中での狩りを好む　ジェラール・マセ　二〇〇〇円
つれづれ草　ジェラール・マセ　二八〇〇円
帝国の地図　つれづれ草Ⅱ　ジェラール・マセ　二〇〇〇円
氷山へ　Ｊ・Ｍ・Ｇ・ル・クレジオ　二〇〇〇円
ポストメディア人類学に向けて　Ｐ・レヴィ　四〇〇〇円
ラマンタンの入江　エドゥアール・グリッサン　二八〇〇円

［価格税別］